LAS CHICAS DE PALACIO

una novela por

Erica Fuentes

Casablanca 2010

Esta Segunda Edición D.R. © 2010, Editorial Casablanca

Barcelona · Los Angeles · México · New York

www.editorialcasablanca.com   www.casablancapublishing.com

Ilustración de Cubierta: Erica Fuentes

Segunda edición: diciembre de 2010
Esta edición consta de 100,000 ejemplares
Impreso en los Estados Unidos de América y/o México y/o España

1ª edición D.R. © 20007, Santillana Ediciones Generales, SA de CV

LAS CHICAS DE PALACIO
Un libro de Editorial Casablanca

Publicado simultáneamente con el título *SHAKEDOWN* en inglés.
También disponible en formato ebook.

ISBN: 978-607-8125-05-0

2 4 6 8 10 9 7 5 3

Elogio para Las Chicas de Palacio

"…gran familiaridad de la autora con el ámbito que aborda (la política desde dentro)…asombrosa habilidad para escribir entre líneas…"
—*Eve Gil, Siempre*

"…plasma la vida política de México."
—*El Informador*

"…las fronteras entre la esfera política y sus protagonistas…se unen en una misma historia llena de matices…"
—*Fabiola Palapa Quijas, La Jornada*

"…cuenta una historia fascinante que capta el interés del lector."
—*Elisa Robledo, El Financiero*

"…lleva al lector al núcleo del poder."
—*Maxim*

"…intriga, las conspiraciones, la corrupción, secretos, encuentros amorosos y peligros, así como las caras ocultas del poder…"
—*El Porvenir*

"Es una novela interesante, se antoja leerla…"
—*Eduardo Ruiz Healy*

Otros libros de Erica Fuentes

Nota del Editor:

Editorial Casablanca se enorgullece en
presentar esta Segunda Edición de
Las Chicas de Palacio
de
Erica Fuentes,
obra cuya Primera Edición fue misteriosa y
abruptamente retirada del mercado,
pese a encontrarse entre los 10
libros de mayor venta en México.

1982

Taña

Taña abrió su infaltable neceser sobre la elegante mesa de servicio tapizada con piel. Extendió en forma de abanico los pequeños compartimientos para mirar su contenido: cremas, bases de maquillaje, polvos, delineadores, sombras, rubores y lápices labiales que transformarían su rostro cansado en un ejemplo de belleza y frescura. Ella, luego de algunos trazos y aplicaciones sería divina, espléndida, arrebatadoramente hermosa. Las noches en vela desaparecerían acaso para siempre.

La misión que hace unas cuantas horas antes aceptó no sólo requería de sus mayores esfuerzos y talentos, sino también de su belleza. Ella no podía verse ajada, tenía que ser una reina. Las atenciones y la comida que le sirvieron antes de abordar, ya no tenían la más mínima importancia: lo único relevante era cumplir su misión.

Mientras descansaba la cabeza en el cojín de su asiento, se limpió la cara con la suave crema impregnada en un pañuelo desechable; después se pasó por toda la cara un algodón empapado con astringente. Sin abrir los ojos, tiró el pañuelo y el algodón sobre el plato, todavía medio lleno de quesos y frutas, que le sirvió el sobrecargo militar en el hangar presidencial inmediatamente antes de despegar con destino a Cozumel.

Tras un breve descanso, abrió los ojos y se miró detenidamente en el espejo de la tapa del estuche de maquillaje. Suspiró, hizo una mueca de disgusto al descubrir las profundas ojeras que aún delataban su cansancio. En su juventud —a pesar de pasar los días de fiesta en fiesta, de vivir de copa en copa, y las noches de cama en cama— jamás se le notaban las ojeras ni se le hinchaban los párpados. Ahora todo comenzaba a ser diferente: al acercarse a los cuarenta, cualquier desvelada dejaba huellas.

Hizo otra mueca de disgusto, y enderezó su asiento.

—Manos a la obra, Taña —dijo en voz alta.

El sobrecargo salió de detrás de la cortinilla que separaba la cabina de pasajeros de la pequeña oficina del Sabreliner de la Presidencia de la República.

— ¿Se le ofrece algo, señora? —preguntó servicialmente.

Taña le regaló una de las sonrisas que los medios de comunicación describían como "las más sensuales de México".

—No, teniente, gracias. Estaba hablando sola, nada más.

El joven teniente se ruborizó, y, tras murmurar unas disculpas, se retiró por donde había entrado. La debilidad del presidente por rodearse de mujeres hermosas era el secreto más conocido del país, pero era su primer contacto personal con una de ellas. El militar tuvo miedo, no sabía si Taña era una nueva conquista del mandatario o un adorno que sólo le alegraba la miraba.

Taña volvió la mirada al espejo. Sacó un pequeño frasco y emprendió el largo proceso de maquillarse: lo primero fue aplicarse una base para ocultar cualquier desperfecto de su cutis, lo demás fue un proceso casi mecánico.

Desde un pequeño banquito detrás de las cortinas, el joven teniente la observaba con fascinación, como si fuera un felino que gozaba una larga cacería que nunca llegaría a su clímax. Taña olía a poder.

Las Chicas de Palacio

Lorena

—Jesús, no se te olvide que vamos a pasar a la obra antes de ir al hangar —dijo Lorena a su chofer después de tirar su maleta en el asiento trasero del automóvil que le asignó su amante, el jefe de la policía capitalina.

—Pero, señora —dijo casi susurrando, por temor a provocar la ira de un amante siempre dispuesto a mostrar su virilidad—, ¿si la deja el avión?

Lorena, riéndose, inclinó la cabeza hacia atrás, y dejó caer su largo cabello rojizo sobre el asiento del Mercedes.

—Y si así fuera, ¿qué? —dijo con un tono picaresco—. Nos apoderamos del Grumman y nos vamos, ¿no?

Jesús Galindo se estremeció, pero su expresión no cambió. Llevaba más de un mes como chofer y guardaespaldas de la Señora-Amante-de-su-Comandante; tiempo suficiente para saber que a ella se le cumplía, por orden superior, todo lo que se le antojara.

—Sí señora, como usted ordene.

Carolina

El bar del Ritz Carlton de Washington estaba oscuro y lleno de humo. Carolina tuvo que cubrirse la nariz con la mano al entrar. Entrecerró los ojos para acostumbrarse a la oscuridad, y luego avanzó unos pasos hacia el interior. Se detuvo frente a la barra, cerca de la caja registradora, y se apoyó en el respaldo de un banco. Recorrió el recinto con la mirada, desesperadamente buscaba a su colega, el mayor del Ejército que la acompañó a la Casa Blanca para ultimar los detalles de la Cumbre que se realizaría en Cozumel. De esa visita y los documentos que llevaba como encargada de protocolo del Estado Mayor Presidencial, dependía la asistencia del Presidente de Estados Unidos.

La cancelación del vuelo de Nueva York a Washington obligó a su acompañante a manejar toda la noche después de alquilar un automóvil en el aeropuerto Kennedy: no podían darse el lujo de llegar tarde a la cita. El Jefe del Estado Mayor Presidencial no aceptaba desacatos, pretextos, o disculpas. El Mayor Alejandro, como militar de carrera egresado del Heroico Colegio Militar, se mostró inalterablemente resuelto a cumplir la misión a pesar de los obstáculos que se les presentaron. En cambio Carolina, por ser tan sólo militar circunstancial, jamás comprendería ese nivel de obediencia al superior.

A pesar de una serie de vicisitudes lograron llegar siete minutos antes del encuentro en la Puerta Cuatro de la Casa Blanca.

Una vez cumplida la encomienda, llamaron al General para darle la buena noticia: POTUS, clave del mandatario estadounidense por las siglas en inglés, asistiría a la cumbre. Sólo después de esto pudieron dirigirse hacia el hotel donde estaban hospedados los demás integrantes de la avanzada. Ellos tuvieron mejor suerte: no se enfrentaron con el terror de un vuelo cancelado.

Desvelada y cansada, Carolina se retiró a su habitación después de hablar con su superior. Se metió y se entregó al mundo de los sueños. Quería descansar hasta la hora de cenar pero tuvo que levantarse: un agregado militar de la embajada invitó a todo el grupo de avanzada a cenar, Carolina no podía negarse. Después de un baño caliente, se puso un vestido negro muy recatado. Recogió su pelo rubio en un chongo y apenas se pintó: entre más discreta mejor, ella sería la única mujer en el grupo.

Al regresar al hotel después de cenar en un restaurante chino del centro de Washington, se presentó una situación escandalosa, muy poco conveniente para la imagen del Estado Mayor Presidencial. Necesitaba la ayuda de Alejandro. Su conversación durante el largo trayecto a Washington le hacía tener mucha confianza en el mayor. Ahora, además, tenía que contar con su discreción y su ingenio para resolver el problema.

Finalmente lo encontró. Estaba sentado con una mujer muy atractiva en un rincón del bar. Carolina no titubeó para interrumpirlo, y el mayor no ocultó su sorpresa al ver que se acercaba a su mesa.

—Estabas tan cansada que pensé que dormirías hasta mañana —le dijo Alejandro, al ponerse de pie, girando hacia su acompañante—. Carolina, te presento a una amiga, Candy.

Carolina estrechó la mano extendida de la mujer.

—Carolina Suárez para servirte. Discúlpame por interrumpirlos, pero se nos ha presentado un problemita que tengo que discutir con Alejandro. ¿Te lo puedo robar un par de minutos?

—No faltaba más. Es más —dijo al levantarse de su silla, soltando la mano de Carolina—, toma mi lugar un momento, porque de todos modos tenía que ir al tocador.

Carolina le dio las gracias y tomó el asiento de la mujer. Alejandro se sentó frente a ella, su ceño estaba fruncido con sincera preocupación.

— ¿Qué sucede? ¿Algún problema en México?

—No, el problema lo tenemos aquí, y no quiero que se arme un escándalo. Necesito tu ayuda.

—Cuenta conmigo.

Carolina le sonrió, agradecida.

—Gracias, Alex —le dijo, aun sonriendo—. Lo que pasa es que salí a cenar con el grupo, y acabamos de llegar.

—Sí, lo supe, discúlpame por no acompañarles, pero es que...

Carolina se rió al darse cuenta de que Alejandro pensaba que su ausencia era el problema.

—Tú no tienes nada que ver, no te preocupes.

Ahora se sentía ridícula. Una mujer de 35 años que viajaba por el mundo al servicio de su país debería poder arreglárselas sin la ayuda de nadie. Pero se trataba de un general, de su superior. En sus diez años en la Presidencia, jamás había pasado por semejante situación. Respiró hondo y continuó:

—Se trata del general Santiago. Al regresar al hotel, fui por mi llave y empecé a caminar hacia los elevadores, cuando se me acercó el viejo asqueroso. Me dijo que no me preocupara porque ya tenía la llave de mi habitación, ¡y que me llegaría a visitar con una botella de champaña en un rato!

—¡Cabrón!

Carolina se quedó callada, observando la cara de su colega esperando alguna palabra de apoyo que pudiera resolver su dilema.

Alejandro se puso de pie. Carolina hizo lo mismo. El mayor le puso la mano sobre el hombro, sonriéndole.

—¿Me tienes confianza?

—Sí, por supuesto.

Alejandro sacó la llave de su habitación y poniéndola en la mano de Carolina volvió a sonreír.

—Ahora, dame tu llave.

Al momento de entregarle la llave de su habitación, ella le preguntó:

—¿Qué vas a hacer, Alex?

—No me preguntes. Simplemente vete a mi cuarto y duérmete. Yo salgo a las cinco de la madrugada para el aeropuerto, así que ahí te caigo después de darle su merecido al pinche Santiago —le dijo, tomándola de los hombros para hacerla girar hacia la salida del bar—. Vamos, mujer... ¡a dormir!

Carolina subió a la habitación de Alejandro. Sólo se quitó los zapatos antes de caer rendida en la cama. Se quedó profundamente dormida hasta que escuchó que tocaban la puerta.

Se levantó y atravesó la habitación, pero se detuvo ante la puerta.

—¿Quién? —preguntó, sin abrir.

—Alejandro. Ábreme.

Abrió la puerta, y descubrió a Alejandro con una espléndida sonrisa. Llevaba una botella de champaña en la mano y la malicia en los labios.

—¿Y eso?

—Es un regalito del general Santiago.

—A poco... ¿qué le hiciste?

—¡Déjame que te cuente! —dijo, sin poder contener su risa mientras caminaba hacia la mesita de la habitación para sentarse—. Cuando el desgraciado entró a tu cuarto, se sentó sobre la orilla de la cama, llamándome "güerita" para despertarme. Tendrías que haber visto su cara cuando me senté y le dije: "¿Qué pasó, Jefe?" Salió tan rápido del cuarto que se le olvidó la botella de champaña. ¿Gustas?

Horas más tarde, en un vuelo comercial que la llevaría a la Ciudad de México para conectar con el avión de la Presidencia que la llevaría a Cozumel, Carolina sacó de su portafolio un frasco de aspirinas y se tomó la tercera tableta. Una tremenda jaqueca era el precio de las copas triunfales compartidas con su nuevo y aparentemente leal amigo.

El general Santiago estaba sentado en la parte trasera de la sección de primera clase. Fingía leer una revista tras otra. La vergüenza le impedía darle la cara a Carolina. El general sabía que su indiscreción, de ser reportada, le podría costar un problema, un escándalo incómodo que lo obligaría a hablar de lo que no debía ser pronunciado.

Él ignoraba que Carolina no tenía ninguna intención de

denunciarlo, no porque lo perdonara, sino porque así le debería un favor.

"¿Quién sabe? Algún día, ese viejo podría estar en el lugar correcto y en el momento preciso para cobrárselo", pensó Carolina antes de dormirse.

Capítulo 1

—*Please don't pet the dog, Miss!*

Carolina escuchó las palabras graves del agente del Servicio Secreto estadounidense cuando extendía la mano hacia el pastor alemán que unos segundos antes se acurrucó en su pierna izquierda.

—*Sorry, Sir* —se disculpó mientras se alejaba del perro.

Al entrar en el vestíbulo del hotel donde se realizaría la cumbre, Carolina se detuvo durante un instante para ubicarse y estudiar la disposición del lugar antes de reportarse con la Sección Cuarta del Estado Mayor Presidencial, la cual estaba a cargo de la asignación de las habitaciones para el equipo de la Presidencia. Estaba cansada, disgustada, nadie se había molestado en despachar un carro para recogerla en el aeropuerto y, por más que protestó, los aduaneros registraron su equipaje: por fortuna, eso hubiera representado un riesgo innecesario para la seguridad de los documentos que custodiaba.

Sería la última vez que se le olvidaba su identificación como miembro del Estado Mayor Presidencial: no cabía duda que esas credenciales funcionaban como magia con los aduaneros.

Su mirada recorrió el vestíbulo y finalmente caminó hacia el área de recepción del Estado Mayor. Sin quitarles la mirada, avanzó hacia sus compañeros con el rostro marcado por una mueca de desagrado. Al llegar frente a ellos, forzó una sonrisa irónica.

—Gracias por el carro que mandaron al aeropuerto —le dijo al teniente uniformado que la saludó con amabilidad.

El teniente se ruborizó, se puso de pie ante el reclamo:

—Mil disculpas, licenciada, pero —tartamudeó el militar cuando recordó la orden que hacía algunas horas le dio el mayor Mendoza: despachar un oficial y un vehículo al aeropuerto para recoger a Carolina.

—No importa —lo interrumpió Carolina—. Si me diera la llave de mi habitación, se lo agradecería.

El teniente revisó su lista, y extrajo de una caja la llave de la habitación de Carolina junto con una nota que le leyó con voz marcial:

—Las señoras Lorena Araujo y Susana Aragón ya se registraron, y dicen que la verán más tarde para comer. Ustedes comparten la habitación 403 —el teniente notó la extrañeza de Carolina y se apresuró a seguir—, pero no se preocupe. Es una suite con una recámara, y la sala se convierte en otra habitación.

—Me da lo mismo —le respondió Carolina, forzando una sonrisa. No estaba acostumbrada a compartir las habitaciones con nadie, pero prefería compartir una suite que hospedarse en otro hotel como casi todo el equipo de Presidencia. Al tener que hospedar a veintidós jefes de estado bajo un solo techo, la Sección Cuarta tuvo que limitar las habitaciones sólo para el personal imprescindible. Debería sentirse privilegiada, pero estaba demasiado disgustada para apreciar su suerte. Sin embargo, le caían bien sus dos compañeras de habitación: Susana Aragón, era comisionada de la Secretaría de Relaciones Exteriores para llevar la Dirección de Edecanes de Presidencia. Era abogada internacional con una larga carrera diplomática, y su amplia experiencia en protocolo sería muy útil. Lorena, antes maestra de secundaria, no aportaría mucha ayuda, pero era simpática y divertida.

El teniente le entregó la llave de la habitación, señalando con la mano una puerta en el extremo del vestíbulo.

—Antes de subir a su habitación, tendrá que registrarse con la Sección Quinta, al otro lado del vestíbulo. Ellos le proporcionarán su gafete para entrar a la reunión.

Carolina hizo otra mueca.

—Prefiero registrarme más tarde, tengo un dolor de cabeza que me está matando y quisiera subir a descansar un poco antes de desempacar.

El teniente le sonrió con amabilidad, pero sus palabras fueron firmes:

—No la dejarán pasar del vestíbulo, así que tendrá que registrarse. No hay más remedio que seguir las indicaciones.

Carolina miró de de reojo los ascensores, y descubrió dos elementos de seguridad que revisaban los gafetes de cada persona antes de permitirles el acceso.

Se encogió de hombros, giró sobre sus talones para atravesar el vestíbulo hacia el lugar indicado. Al abrir la puerta, se sintió en su ambiente: en el salón resonaban las voces de sus compañeros de trabajo, daban órdenes y susurraban maldiciones mientras intentaban conectar las computadoras que estaban detrás de los cubículos de tablarroca y cristal que separaban el Centro de Mando de las otras secciones del Estado Mayor Presidencial.

—Hola, hola —dijo sin referirse a nadie en específico.

Algunos compañeros levantaron la vista para sonreírle y

otros la ignoraron olímpicamente, estaban concentrados en sus tareas. Todos estaban vestidos de civil, ella se preguntó si habían tenido tiempo para subir a sus habitaciones. La jaqueca tendría que esperar.

Preparada para apoyarlos en su trabajo, colocó su equipaje en el rincón más cercano.

El comandante de la Sección Quinta se le acercó, y la saludó de mano.

—En hora buena —le dijo al soltarle su mano—. Eres la persona que necesitamos: alguien que asigne intérpretes y horarios de cabina.

Carolina sonrió, divertida ante la ignorancia del comandante.

—Bueno, pues... no sé si te sirva lo que tengo, porque no puedo hacer asignaciones hasta que comience la reunión, y la estancia en la cabina depende de su aguante y los temas que se traten.

El pánico y la molestia aparecieron en la mirada de su superior, y a ella no le quedó más remedio que enmendarse:

—Pero no te preocupes, voy a hacer la lista de todos modos, para que se haga lo que se tiene que hacer.

El rostro del comandante Treviño reveló de nueva cuenta su desagrado.

—De acuerdo, lo que tengas tendrá que servirnos.

Carolina volvió a la antesala, sacó la lista de los traductores que prestarían sus servicios durante la reunión y la entregó al Coronel.

—Aquí tienes. Al lado de cada nombre está el nivel de seguridad al que puede acceder cada intérprete, por eso no puedo asignar horarios ni designar a los traductores adecuados: el tema de las conversaciones determina quién traducirá, pues muchas veces tengo que sustituir a cierto traductor por otro de mayor seguridad... me comprendes, ¿verdad?

El Coronel tomó la lista, y la revisó con detenimiento. Finalmente suspiró:

—Está bien. Tienes razón, pero no me gusta la idea.

—Por supuesto, pero no hay otro remedio. Si te ayuda, trataré de proporcionarte una lista con los horarios aproximados en cuanto tenga la relación de temas, pero en el entendido de que puede cambiar en cualquier momento.

—¿Quieres decir que puedes cambiar un intérprete en cualquier momento? ¿Cómo lo haces sin interrumpir la reunión?

Carolina se rió.

—Por eso llevo audífonos de multifrecuencia, para escuchar todo lo que sucede en el recinto y saber cómo andan las traducciones. Si noto que algún intérprete está demasiado fatigado y comienza a equivocarse, llamo al sustituto adecuado, y yo tomo su lugar mientras llega el reemplazo. Si noto que la conversación empieza a abarcar temas de un alto nivel de seguridad, yo reemplazo al intérprete hasta que llegue un traductor de mayor nivel.

—Y si tienes a uno fatigado, y otro de bajo nivel de seguridad, ¿qué haces?

—Me suicido —respondió Carolina riendo—. Pero, ¿qué tengo que hacer para sacar mi gafete? No puedo subir ni a desempacar si no lo traigo puesto.

—Así es —contestó el comandante Treviño, señalando a uno de sus ayudantes, quien se les acercó con paso apresurado.

—Capitán, la teniente necesita su gafete para subir a su habitación a refrescarse —luego giró en dirección de Carolina, quien hasta ese momento se dio cuenta de que se veía tan cansada como se sentía.

—Carolina, ¿por qué no subes a descansar un rato? Nos vamos a ver todos en el comedor a las tres y media, ahí nos ponemos de acuerdo. Es más... ¿por qué no te tomas una siesta? Te ves cansada, acuérdate que van a hacer el rastreo de seguridad a las cinco. Tienes que estar presente para traducir entre los servicios de seguridad.

Carolina le sonrió débilmente, asintiendo con un movimiento de cabeza.

—Gracias, es precisamente lo que pienso hacer. Además, ya conocí a uno de los elementos de seguridad de gringolandia; un tipo bastante desagradable, pero tiene un perro divino.

Momentos después de tomarle una fotografía, el Capitán le entregó un gafete que la identificaba como una funcionaria que gozaba del nivel más alto de seguridad en el equipo de la Presidencia.

Con el gafete colgado de una cadena que le recordaba la que usaba de niña para no perder la llave de su casa cuando salía a jugar con sus amigos, Carolina se dirigió hacia los elevadores. Los agentes de seguridad, celosos de su deber, revisaron su gafete antes de permitirle el acceso a pesar de que la conocían de muchos años.

—Hola, hola —saludó al ingresar a la habitación que compartiría durante la siguiente semana.

El silencio le agradó. Por lo menos no tendría que conversar con sus compañeras de habitación. La estancia estaba bien decorada con muebles de mimbre con tapices de vivos colores, y tenía un pequeño comedor frente a la terraza: la vista del mar era perfecta. Se asomó a la alcoba, sus compañeras habían llegado antes y ya estaban instaladas en la recámara.

"Así que me duermo en la sala", pensó.

Colocó sus maletas en el suelo junto al sillón y levantó el auricular del teléfono. Escuchó los tres clics que indicaban que el sistema telefónico ya estaba a cargo del Estado Mayor, marcó el número tres para acceder a una línea directa a la Ciudad de México sin necesidad de usar la clave de área. Marcó el número de su casa y contestó la niñera.

—Hola Lupita. ¿Cómo van las cosas?

—Carolina, ¡qué gusto!

Lupita trabajaba con la familia desde el nacimiento de Mauricio, el hijo más pequeño de Carolina. El muchacho ya iba a cumplir diez años. Lupita ya era parte de la familia y Carolina reconocía que dependía demasiado de ella, pero no le quedaba otro remedio: había quedado viuda a los treinta años con dos chiquillos, y su trabajo la obligaba a viajar mucho.

—Ya llegué a Cozumel.

—¿A poco?... pensé que ibas a estar por lo menos un día en México. ¿Qué pasó?

—Gajes del oficio, Lupita, no fue por gusto, te lo aseguro. ¿Están los niños? Tengo bien poquito tiempo, quisiera saludarlos...

—No, no están. Mauricio tuvo su junta de boy scouts, y Margarita se fue a su clase de ballet. Tomás pasó por los dos justo después de comer, y los traerá por ahí de las siete de la tarde. Pero está la señorita Robin. ¿Te la paso?

—Sí, Lupita, si me haces el favor... nos vemos pronto...

A los pocos momentos contestó Robin, una queridísima amiga de Carolina que vivía con ella desde la muerte de su marido. Era estadounidense, pero residía en México desde sus días de estudiante en la Universidad de Guanajuato, donde ambas se conocieron.

—Hola, mujer... ¿dónde andas?

—Ya en Cozumel, amiga. Tuve aproximadamente tres segundos para cambiar de avión en México y no me dieron oportunidad de pasar a la casa. ¿Cómo están los niños?

—Latosos, pero bien. No te preocupes por ellos. Aquí entre la Lupe y yo los traemos bien cortitos. ¿Cuándo regresas?

—Si bien me va, el lunes por la noche o el martes temprano; esto va para casi una semana.

—¿Cómo te fue en Washington?

—Ya te contaré, no sabes, amiga. No sabes.

—Me suena interesante. ¿Algún galán?

Carolina se rió a pesar de su cansancio.

—No precisamente. Un viejo decrépito y asqueroso, nada más.

—¡Órale!... pues ya me contarás. Te noto cansada.

—Un poco. Ya sabes cómo me afectan los vuelos. Pero ya me voy, porque ni siquiera he desempacado y tengo que estar uniformada y lista para trabajar después de comer.

—Bueno, pues cuídate mucho, y nos vemos a principios de la semana.

—De acuerdo. Y, Robin, gracias por estar ahí.

—Uy, sí. ¡Qué difícil! Me dejas con casa, comida, sirvientas, choferes y dos niños que me adoran. No sabes qué sacrificio.

Carolina se rió.

—De todos modos, te lo agradezco, amiga. *Ciao*...

Antes de permitirse el lujo de la nostalgia, marcó el cero. Le contestaron en el Centro de Mando. Preguntó por Gerardo Vaneek, su segundo de abordo. Al no encontrarlo, le dejó un recado para que supiera que había llegado, lo vería antes de la cena. Confiaba en que el subteniente tuviera todo en orden, como siempre.

Se apresuró a arreglar su ropa, temerosa de que estuviera demasiado arrugada para usarla. Ya no le quedaba tiempo para mandar a plancharla.

Se dio prisa al desempacar sus cosas, descubrió que la sala que tendría que servirle de recámara durante una semana no tenía ropero. Después de sacar su pistola colocó su bolso de mano sobre el buró, y guardó su arma bajo el cojín del sofá cama.

"Por lo menos me toca la tele", pensó, y sin abrir el sofá cama, se acostó, usando dos cojines para elevar los pies: estaban muy hinchados por los viajes en avión. Encendió el televisor con el control remoto, bajó el volumen, sintonizó el canal de noticias. La voz meliflua de reportero narraba el último ataque terrorista en Israel, esto fue lo último que escuchó antes de quedarse profundamente dormida.

Sus sueños la llevaron a un sitio que evitaba recordar cuando estaba despierta.

Las luces de la antigua ciudad centelleaban en la ligera neblina nocturna que solía cubrir la plaza mayor durante el otoño y el invierno. La orquesta sinfónica de la ciudad tocaba un vals mientras los copos de nieve seguían cayendo. El suelo estaba lige-

ramente cubierto por una capa de nieve espumosa. Al atravesar la plaza, se detuvieron a observar a una titiritera: sus marionetas eran de madera y estaban vestidas con los trajes típicos de Bruselas. Los bailes que la mujer les hacía danzar le daban mucha risa a Carolina. De repente, una de las marionetas se volvió hacia ella con una cara grotesca.

Carolina trató de alejarse. La cara de la marioneta a cada instante se hacía más terrible: pelaba los dientes mientras brincaba contra la pierna de Carolina e intentaba morderla.

Carolina gritó. Sus compañeros y la titiritera la miraron con el mismo rostro de la marioneta...

Carolina despertó al escuchar el ruido de la chapa de su habitación. Por instinto, tomó la pistola, cortó cartucho, y se preparó para recibir al intruso:

—¿Asunto? —preguntó con voz grave, mientras apuntaba hacia la puerta.

—¡Cálmate, mujer! ¡Somos nosotras!

—Ay, ¡Dios! ¡Discúlpenme! —dijo apenada, bajando la pistola para ponerle discretamente el seguro—. Ya parezco chango amaestrado.

Se levantó del sillón para saludar a sus compañeras. Lorena estaba espléndidamente vestida con un pantalón blanco y una blusa color azul cielo muy escotada. Ella se acercó primero y la abrazó cálidamente.

—Ya te dábamos por muerta, mujer —le dijo, besando el aire cerca de las dos mejillas de Carolina—. ¿Cómo te fue en Washington?

—Bien, amiga, gracias —le respondió, preguntándose cómo sabría de su viaje a Washington, y luego se volvió hacia

Susana.

Susana era una mujer portentosa: medía casi un metro noventa, tenía buen cuerpo y no era tosca a pesar de su altura. Siempre vestía de una manera recatada, pero emanaba algo intangible que se convertía en un imán para el sexo opuesto.

—Se pusieron de acuerdo esta mañana, ¿o tocan en la misma orquesta? —les preguntó Carolina después de abrazar a su amiga—. Lástima que no tengo nada de ese color, así que tendré que comprarme algo para hacer el trío.

Sus dos amigas se miraron de pies a cabeza, y se rieron.

—Te juro que siquiera me había fijado —dijo Susana—. ¡Qué chulas nos habremos visto a la hora de la comida!

Lorena se puso de puntitas, plantando un beso en la mejilla de Susana.

—Seguramente pensaron que somos lesbis, mi vida...

—¡Par de locas! —dijo Carolina riéndose, y luego se detuvo como si le echaran un cubetazo de agua—. ¿Dijeron comida?

Susana y Lorena asintieron con la cabeza.

—¡En la madre! —exclamó Carolina—. Se supone que tenía que verme con Treviño a la hora de comer para acompañarlo al rastreo de seguridad a las cinco. ¿Qué hora tienen?

—Faltan cinco para las cinco —dijo Lorena mirando el Rolex que su amante le obsequió la noche anterior como recuerdo de lo ocurrido.

—Lindo el relojito, amiga —dijo Carolina por sobre su hombro corriendo al baño para ponerse el uniforme y acudir a la cita de seguridad—. ¿Se puede saber qué banco robaste para comprártelo?

—Es una reproducción —mintió Lorena—. Los venden a

mil pesos en la zona libre.

Tres minutos más tarde, Carolina salió del baño fresca y uniformada, aún se estaba atando el cabello en un chongo.

—No me despido —dijo a sus dos amigas que estaban bebiéndose las cervezas que sacaron del minibar—, y ¡no sean malas! Guárdenme una, ¿no?

Al salir, estiró el cuello de la blusa de su uniforme para sacar la cadena con el codiciado gafete, y lo colocó sobre su pecho. Se miró en el espejo que cubría la pared entre los dos ascensores mientras esperaba. Los viajes y las comidas perdidas le habían quitado los kilos que antes le sobraban. Sólo medía un metro sesenta, y cada kilo de más se le notaba. Satisfecha con su aspecto, esperó el ascensor.

Al abrirse las puertas, se topó con el coronel Treviño, también uniformado. Lo saludó y esperó a que le devolviera el saludo antes de bajar el brazo.

—Buenas tardes, mi Coronel —le dijo formalmente. Aunque tuteaba a la mayor parte de sus superiores militares a solas o cuando estaban vestidos de civil, siempre se dirigía a ellos de manera formal si estaban uniformados o en público.

—Buenas tardes, Teniente —respondió el Coronel, en un tono conciliatorio—. Le ruego me disculpe por no haber bajado al comedor a la hora pactada, pero la verdad es que cuando subí a mi habitación para cambiarme, me quedé dormido.

Carolina se rió de buena gana.

—A mí me pasó lo mismo, estamos a mano.

El Coronel sonrió. Bajaron los cuatro pisos en silencio.

Al abrirse las puertas, el Coronel esperó a que Carolina saliera primero y la siguió. Mientras atravesaban el vestíbulo del hotel hacia el Centro de Mando, tuvo que admirar a su subordinada. Le calculaba, cuando mucho, unos treinta y cinco, pero tenía el cuerpo de una adolescente. Su paso era ligero pero firme, su postura erguida. Por su peinado, el Coronel imaginaba que tendría el cabello largo, pero no recordaba haberla visto con el cabello suelto en los cuatro años que tenía de conocerla. En ese momento habría pagado por ver a Carolina con el cabello suelto.

Cuando ella abrió la puerta del Centro de Mando volvió a la realidad: los elementos de seguridad de Estados Unidos, Francia, España y México ya los esperaban. Todos llevaban sus equipos electrónicos de detección de explosivos. Los españoles y los estadounidenses llevaban perros, al igual que los mexicanos quienes tenían a Venus, su olfato estrella lista para proceder; los oficiales de Francia llevaban al detector más sensible: un terrorista.

Carolina lo había conocido meses antes, en una cumbre en Niza. Recordó que el Coronel no había asistido a aquella reunión, y se apresuró a explicarle lo que sucedía antes de que reconociera el rostro que mostraban las fichas políticas que había memorizado.

—Mi Coronel —le dijo en un susurro—, seguramente reconocerá al sujeto que viene con los franceses, pero viene para ayudar. Dicen que una mente sana no puede concebir el ingenio de un demente.

El Coronel alzó la mirada y Carolina vio como se tensaba su cuerpo.

—¿Y si alguien le paga más que los franceses?

—La verdad es que jamás había pensado en eso —dijo Carolina—, pero sé que es aceptado en todas partes del mundo cuando hay cumbres en las que participa Francia. Pero si a usted le incomoda su presencia o su especial pericia, podemos organizar un último rastreo con Venus después de que se retire. Tengo entendido que jamás se queda durante las reuniones. Siempre se va antes de que inicien, después de declarar limpio el recinto y prohibir el paso a la zona.

—Normalmente no me molestaría, pero normalmente no somos los anfitriones. Veintidós jefes de Estado bajo el mismo techo es una situación insólita, y creo que sí haremos otro rastreo después de su partida.

—¿Insólita? No, es una pesadilla, pero de acuerdo. Tendremos que dar parte a los estadounidenses, españoles y franceses antes de hacerlo, porque tienen el mismo derecho que nosotros y tal vez quieran participar.

—Y serán bienvenidos —dijo el Coronel, y luego se dirigió al grupo reunido en el otro extremo del Centro de Mando— Señores, ¡les doy la bienvenida a México!

Después de las presentaciones en las que Carolina les sirvió de intérprete, el grupo dividió el hotel en cuatro partes. Cada equipo revisaría todo el edificio, pero no al mismo tiempo. Si cualquiera de los equipos detectaba una zona caliente, daría parte a los demás para localizar y desactivar cualquier amenaza.

Durante la semana anterior a la llegada de los equipos extranjeros, los oficiales de la Sección Quinta del Estado Mayor Presidencial habían entrevistado a todos los empleados del hotel. Descalificaron a más de cincuenta; algunos por ser centro o sudamericanos que no pudieron demostrar estancia legal en el país; otros salieron por no contar con ningún documento oficial de identidad aunque fuesen mexicanos; unos más por tener antecedentes penales... y otros por el simple criterio del oficial a cargo. No fueron despedidos, sólo se les dio una semana de vacaciones pagadas por el Estado Mayor Presidencial.

Los soldados de tropa de la zona militar suplieron a los trabajadores, el cambio se había hecho de una manera casi transparente: los soldados convertidos en botones, meseros, mucamas y pinches portaban los uniformes del hotel. Afortunadamente, los chefs del hotel eran mexicanos sin antecedentes penales y reconocidos por sus habilidades culinarias.

El rastreo duró más de tres horas. Ninguno de los equipos encontró nada. Después de rastrear la cuarta sección, todos se reunieron en el vestíbulo del hotel, y se sentaron en los sofás de mimbre.

El jefe de seguridad de Francia se puso de pie.

—*Gentlemen* —dijo en inglés con un fuerte acento británico—, *if only the security chief from each country would care to accompany us, I would like our terrorism expert to conduct a walk-through inspection of the building before we consider it as secured.*

Carolina se inclinó hacia el Coronel, y le explicó que el jefe de seguridad francés lo invitaba a dar una última caminada por el hotel con su experto en terrorismo.

En cuanto los cuatro jefes de seguridad se alejaron con el terrorista, Carolina se acomodó en su asiento y descansó la cabeza sobre el respaldo. Miró a su alrededor, se dio cuenta de que más de la mitad de los presentes hacían lo mismo, y que dos de ellos ya estaban dormidos.

Se sintió agradecida por el momento de paz proporcionado

por un terrorista.

De pronto el vestíbulo se llenó de actividad. Carolina no llevaba su radiotransmisor. Se puso de pie, y se acercó a un capitán de la Sección Quinta.

—¿Sucede algo, mi capitán?

El Capitán alzó la palma de su mano para callarla mientras escuchaba la transmisión por medio del pequeño audífono que llevaba en el oído. Luego bajó la mano y se dirigió a ella:

—Han descubierto un explosivo en el quinto piso del hotel, dos pisos debajo de la suite de POTUS. Ya van a desactivar la bomba.

—¿Quiénes?

—Los franceses, nosotros y los gringos, creo...

Carolina caminó hacia los ascensores, pensaba en la tragedia que podría ocurrir si los equipos no se entendían entre sí.

Los agentes de seguridad ya la estaban esperando con las puertas de un ascensor abiertas.

—La esperan en el quinto piso —le dijo uno de ellos y la tomó del brazo para ayudarla a entrar.

Carolina se detuvo en la puerta. Adentro le aguardaba un miembro del equipo antiexplosivos, vestido como un astronauta. Sólo en ese momento se dio cuenta de que ella también correría un riesgo al ir al lugar donde se encontraba la bomba.

Tragó en seco, y se armó de valor. "Es un traje de astronauta; nada más un simple disfraz, ¡no pasa nada!" pensó en repetidas ocasiones para acumular valor.

—Buenas tardes —le dijo al astronauta que le tendía el traje—. ¿No tendría algo en un color más femenino? —su broma cayó como tronco al joven— ¿Me podría ayudar a ponérmelo? No estoy muy acostumbrada a estas cosas. Es mi primer viaje al espacio.

Esta vez logró que el joven sonriera.

Antes de llegar al quinto piso, ya llevaba el traje puesto. Sentía que pesaba tanto o más que ella, pero no se quejó.

Dos hombres los esperaban al abrirse las puertas del ascensor. Carolina los siguió hacia la suite. En la puerta la esperaban tres hombres: un francés, un estadounidense y un mexicano a quien reconoció como un oficial de la Sección Quinta.

—Mi capitán —se dirigió al mexicano—, ¿en qué puedo servirle?

—Por favor, explícales que sé perfectamente bien que ellos conocen el explosivo plástico C5, y si el artefacto consistiera sólo en *plastique* con gusto les dejaría la tarea de desactivarlo. Sin embargo, el detonador está conectado con un catalizador que desconocen: es algo que fue inventado en México: se llama mexamón. No tiene olor, y por eso los perros no lo detectaron, los detectores electrónicos sólo detectan explosivos nitrados, y por eso tampoco sirvieron.

Carolina tradujo las palabras del Capitán, primero al francés y luego al inglés. Los extranjeros admitieron que no tenían experiencia con el explosivo mencionado; aunque tenían conocimiento de su existencia.

El Capitán siguió con su explicación:

—El problema de desarmarlo es la inestabilidad del mexamón. En su estado inerte se parece granulado de cuarzo rosado. Al mezclarlo con una pequeña cantidad de agua se vuelve muy inestable. Quien colocó la bomba sabía lo que hacía. Colocó el *plastique* con el detonador, y luego mezcló el mexamón. Tenía escasos segundos para cubrir la bomba, pues a los diez segundos de ser mezclado, explota si se mueve. Por lo mismo, si lo movemos para llegar al detonador, corremos el riesgo de detonar la bomba. El terrorista lo dejó como una póliza de seguro.

Carolina tradujo de nuevo la explicación del Capitán, y los extranjeros asintieron con movimientos de cabeza. El de mayor rango respiró hondamente y se dirigió al capitán por medio de Carolina:

—¿Cómo se desactiva?

El Capitán sacudió la cabeza, con una expresión casi irónica.

—A decir verdad, ésta es la primera vez que lidiamos con un explosivo armado de esta manera. Claro que hemos desactivado algunos en simulacros, pero la verdad es que ésta es la primera vez que lo haremos de verdad, así que sugiero que evacuen por completo el hotel, salvo los elementos que sean absolutamente necesarios. Que se quede el experto francés, aunque no lo admite abiertamente, parece que tiene algo de experiencia con este tipo de explosivo. De lo contrario, no lo habría encontrado.

Nadie se movió. El jefe de seguridad francesa parecía casi divertido por el acierto del terrorista en su nómina, los otros extranjeros se miraron entre sí. Carolina se quedó pasmada ante la necesidad de evacuar el hotel mientras el capitán giraba órdenes al Centro de Mando. Finalmente, con una voz titubeante, se dirigió a los extranjeros:

—Ya están coordinando una evacuación ordenada, sin causar pánico desde el Centro de Mando —les dijo, y luego giró sobre sus talones—. Mi Capitán, ¿usted se queda?

El Capitán se limitó a mirar a Carolina, agradecido por su intervención. "Entre menos gente en el piso, mejor," pensó.

—Sí. Evacuen, no quiero a nadie en el Centro de Mando, tampoco. Nadie. Entiéndelo bien —dijo, e hizo un gesto con la cabeza en dirección del subordinado que estaba parado cerca de la puerta abierta del ascensor que normalmente no se usaba en estos casos—. Usen el elevador, no las escaleras. ¡Dense prisa!

Carolina se sintió aliviada al darse cuenta de que no tendría que permanecer en el piso durante la desactivación, pero hizo un gran esfuerzo para no mostrar la urgencia que sentía por subirse al elevador que la llevaría a un lugar más seguro.

Rápidamente dio las explicaciones necesarias a los extranjeros, y los acompañó al ascensor. Bajaron en silencio. Todos se habían quitado los trajes protectores antes de llegar a la planta baja.

Cuando se abrieron las puertas, el vestíbulo estaba vacío salvo por dos oficiales del Estado Mayor.

Carolina se agachó para levantar los trajes mientras sus acompañantes salían apresuradamente, pero uno de los oficiales la sacó casi con violencia.

—No se detenga a levantar los trajes, Carolina. Somos casi los últimos en salir del hotel y no pueden dar el aviso hasta que salgamos.

Carolina no comprendía el problema, ya estaban a siete pisos de la bomba, pero —aún así— dejó caer los trajes. El oficial le sonrió.

—¡Vamos, mujer! —le dijo, tomándola del brazo—. Que nosotros sepamos, quien plantó la bomba la detonará en cuanto se dé cuenta de que la encontramos.

Capítulo 2

El grupo estaba reunido en la orilla de la playa. Todos estaban a menos de cien metros del Hotel Presidente, parecían un elenco de extras en una mala película de intriga internacional. Veintidós nacionalidades y una balumba de distintas lenguas eran una nueva representación de Babel.

La entrada al hotel estaba acordonada: no se permitía el acceso a ningún vehículo ni transeúnte. Un pelotón montaba guardia de seguridad alrededor de los evacuados que comenzaban a reunirse en pequeños grupos a platicar.

Varios meseros del hotel pasaban entre los evacuados con bandejas de bebidas: cervezas con rebanadas de limón, cubas libres, jaiboles, margaritas y mojitos. Los huéspedes estaban sedientos y acalorados por el sol otoñal. A pesar de que estaba a punto de oscurecer, el calor no cedía.

En la zona segura, Carolina encontró a sus compañeras de cuarto, y se sentó con ellas. Susana le entregó una cerveza helada. Carolina la aceptó con agradecimiento, tomó un largo sorbo y suspiró.

—¡No saben! ¡Pocas veces en mi vida algo me ha sabido tan bien! Gracias, amigas.

Lorena estaba recostada en el césped, usaba su bolsa de mano como cojín. Su traje-pantalón blanco ya estaba manchado, lo que no parecía importarle. Estaba tomándose su tercera cerveza mientras gozaba del calor de la tarde. Miró a Carolina con intensidad.

—Nos imaginábamos que estarías con los monos de seguridad, pero que tarde o temprano te sacarían sana y salva. Así que, ¡salud, amiga! —dijo alzando su cerveza en el aire, sin enderezarse.

Susana también alzó su jaibol para brindar por su seguridad.

—¡Salud! —dijo Susana al chocar su copa con la cerveza de Carolina—. Y ahora, ¿nos quieres decir qué demonios sucede? Una bomba, ¿o qué?

Carolina titubeó. Ni siquiera pensó en preguntar a nadie qué cubierta iban a usar para explicar la repentina evacuación del hotel. Una mirada alrededor suyo le hizo notar que sería ridículo inventar cualquiera excusa ante un grupo de personas acostumbradas a este tipo de reuniones. Además, todas parecían tan quitadas de la pena que a Carolina le parecía más que obvio que estaban ya enteradas o –por lo menos– se imaginaban lo sucedido. La prensa no importaba gran cosa: unos billetes bien repartidos garantizaban un silencio oficioso.

Sonrió a sus amigas.

—Sí, al parecer, hay una bomba en el quinto piso.

—¿Quién está programado para esa habitación? —preguntó Lorena de modo lánguido.

—No sé —respondió Carolina—, pero era *plastique* con algo extraño, y me da la impresión que habría volado varios pisos hacia arriba y hacia abajo.

Susana se rió.

—Lo que sí sé es que POTUS se hospedará en el séptimo piso. Así que, entre otros, él era blanco —estiró las piernas ante ella—. ¿Se dan cuenta de lo blanquísima que estoy? Me urge un bronceado.

Lorena alzó un poco la cabeza.

—Sí, pareces gringa. ¿Quién es Potus?

—*President of the United States* —cantaron Carolina y Susana en dueto.

Varias cabezas se volvieron hacia ellas, pero pronto volvieron a sus conversaciones.

En ese momento se acercó una limosina blanca que se estacionó frente a la entrada del hotel. La voz chillante de la pasajera que discutía con los militares llamó la atención de las tres mujeres.

—¿Quién es? —preguntó Susana.

Carolina se encogió de hombros, atenta a la mujer cuyo tono de voz se alzaba a cada momento.

Lorena, sentándose, se quitó las gafas de sol para mirar el escándalo. Cuando satisfizo su curiosidad volvió a acostarse.

—Es Taña Monteblanco —dijo secamente—. Júrenlo que tiene alguna misión de las suyas.

—¿Cuáles? ¿Va a cantar? —preguntó Carolina.

Las otras dos chicas se rieron con un marcado sarcasmo. Lorena, fingiendo un tono muy inocente, comentó:

—No lo creo. Más bien, ¡va a bailar!

—Sí que va a bailar —dijo Susana entre risitas—, pero un tango horizontal.

—¡Miiiiaaauuuu! —agregó Lorena—. Silencio, que ahí viene.

Taña venía directamente hacia ellas, contoneando sus caderas como sólo ella sabía hacerlo. Vestía un pantalón acampanado de seda y portaba un chal de la misma tela que apenas cubría su voluptuoso torso. Carolina se puso de pie, y caminó al encuentro de la diva, sin dejar de darse cuenta de que todos los presentes, tanto mujeres como hombres, se volvían para mirar a Taña. La actriz lucía guapísima y su presencia llamaba la atención.

Taña extendió los brazos hacia Carolina al tenerla cerca. Carolina le dio un abrazo y besó al aire cerca de la mejilla de la actriz.

—¡Qué gusto verte, Taña! ¡Qué milagro!

La actriz le devolvió el beso a Carolina. Se sentía infinitamente más cómoda en este lugar tras encontrarse con una conocida.

—¡No sabes el gusto que me da encontrar una amiga! —le contestó— Con esto de que no nos dejan entrar, no me puedo guardar discretamente sin que nadie note mi presencia, ¿verdad? —al notar la expresión de confusión en la cara de Carolina, siguió— Porfirio ya me había dicho que estarías aquí, pensé en llamarte más tarde, pero tú sabes cómo me chocan las multitudes.

Carolina le sonrió. Eso de ser amigas le parecía un poco exagerado, pues que se habían visto tal vez tres o cuatro veces durante los últimos diez años, pero la actriz siempre le había simpatizado, y le agradó que la considerara una amiga. Sin embargo, le extrañó que se refiriera al Jefe de Estado Mayor Presidencial como "Porfirio", esto mismo fue lo que le sucedió al escuchar las referencias de sus amigos acerca de los tangos horizontales.

Para Carolina la educación era vital, así que apartó la curiosidad de su mente.

—Seguramente nos dejarán entrar en unos minutos, pero mientras tanto, ¿por qué no nos acompañas a tomar algo?

Sin esperar respuesta, tomó a la actriz por el codo y la dirigió hacia sus compañeras de habitación.

—Amigas, ¡miren a quién me encontré! —les anunció al acercarse a ellas. Las dos se pusieron de pie y saludaron cordialmente a Taña.

Tras saludarlas, Taña giró de nuevo hacia Carolina.

—Daría mi primogénito a cambio de una cerveza.

Carolina se rió, tomó una tres equis y una rebanada de limón de la bandeja de un mesero que pasaba cerca de ella.

—Aquí tienes la cerveza, pero te puedes quedar con tu primogénito. Me sobran hijitos, pero gracias por ofrecérmelo.

Taña aceptó la cerveza, tomó un largo sorbo, luego chupó la rebanada de limón.

—¡Aaaah! No hay nada más rico que una chela bien fría.

Se sentó sobre el césped sin importarle que pudiera mancharse la blanca seda blanca de su ropa. Las otras mujeres también se sentaron sobre el pasto.

Tras tomar otro sorbo, Taña se inclinó e hizo un movimiento con las manos para que se acercaran las tres amigas.

—Ahora, ¿quién me va contar el chisme?, ¿por qué nos tienen fuera del hotel?

Carolina titubeó durante un momento, pero luego se encogió de hombros. Seguramente ya habría corrido el rumor y no tenía caso guardar lo que ya no era secreto.

—Detectaron unos explosivos en el quinto piso, y no nos dejarán pasar hasta que desactiven la bomba. Pero no te alarmes, amiga. Es algo así como el pan nuestro de cada día. Créeme que no sucede nada fuera de lo normal.

El rostro de Taña se relajó. Lorena y Susana se rieron. Lorena –con un marcado dejo de curiosidad– extendió la mano para luego tocar el antebrazo de Taña.

—No te preocupes, las tres ángeles de Charlie te protegerán. ¿A poco es tu primera cumbre?

Taña asintió con la cabeza.

—Sí, temo que sí lo es. Así que me disculparán si me siento un poco nerviosa —volvió para mirar a la extraña muchedumbre hasta que su mirada descansó en un integrante de la comitiva de Arabia Saudita que la miraba intensamente.

El tipo era atractivo, pero tenía un aire misterioso y temible. Taña sentía que la mirada del tipo la quemaba y tuvo que desviar la vista.

Susana se fijó en el intercambio de miradas, y se rió.

—Cuidado con ese, amiga, es Abdul, *el cachondo*.

A Taña le salió una carcajada involuntaria.

Se acercó Lorena con una sonrisa maquiavélica.

—Cuando lo conocimos en una cumbre en Suiza, el tipo nos hizo proposiciones indecorosas a todas, una por una.

—¿Y cuál de ustedes aceptó? —dijo entre risas, pero notó que su pregunta provocó el desagrado de las tres mujeres y se corrigió rápidamente— Es broma, chicas, ¡es broma!

—Pues, si vieras que la Carolina desayunó con él a solas en su suite un día, podrías adivinar... —Susana contestó con un sonsonete burlón.

Carolina le pegó en el brazo con la mano abierta.

—Sólo porque es mi contraparte en protocolo, grandísima cabrona. Y para tu mayor información, se portó como todo un caballero.

—Pues no lo dudaría, porque de maricón no tiene un pelo.

Carolina siguió sin prestar atención a las burlas de Susana.

—Incluso —siguió diciendo—, lo encuentro bastante eficiente y, entre todos los jefes de protocolo reales, es el más accesible y razonable cuando tenemos que ajustar sus reglas al protocolo de los gobiernos al mezclar jefes de Estado con realeza. Además es un tipo muy amable que jamás ha tratado de propasarse conmigo.

—Pues serás la única del Estado Mayor Presidencial a quién no haya tratado de seducir, amiga —dijo Lorena.

Carolina ignoró el comentario de su compañera, y se dirigió a Taña de nuevo.

—Si no es indiscreción, ¿qué te trae a la reunión cumbre? —por la expresión que mostró el rostro de Taña, se dio cuenta de que su pregunta tan directa la había molestado y trató de corregirse en seguida— Quiero decir, que...

Taña se rió.

—No trates de arreglarlo. La verdad es que no tengo la menor idea a qué vine. Sólo sé que el General me mandó un oficial que me invitó a la reunión, y dijo que quizás pudiera ayudarlo con el Primer Ministro de Canadá, porque quería llevar a cabo unas conversaciones privadas con él, y por supuesto, yo hablo el francés canadiense.

—¿Y eso? —interrumpió Lorena.

—Pues, soy canadiense de nacimiento, pero naturalizada mexicana. ¿No lo sabías?

—No —dijo Lorena sorprendida, sentándose sobre el césped—. Pareces mexicana.

—Mi padre era argentino, mi madre es francocanadiense, así que crecí hablando tanto francés como español, y el acento mexicano lo cogí desde jovencita cuando vine a vivir a México.

—Ya veo —expresó Lorena, y volvió a recostarse en el suelo.

Susana y Carolina intercambiaron miradas, como si las dos estuvieran pensando en lo mismo. El General no llamaba a una actriz de dudosa reputación para ser intérprete. No, definitivamente no era el estilo del General.

Lo que ninguna de las dos no sabía era si Taña imaginaba cuál sería su verdadera misión en la cumbre.

Carolina se quedó pensativa durante unos momentos, considerando si debería prepararla para lo que podría suceder. Todas sus amigas y colegas solían decirle que padecía del síndrome de mamá gallina, por sus constantes advertencias y sermones respecto a las cochinadas que podrían esperarse de los poderosos. Decidió no decir nada. Taña era bastante mayor que ella, seguramente sabría cuidarse muy bien. Además, Carolina no estaba del todo convencida de que la mujer no supiera exactamente a lo que venía. No era ninguna niña inocente como muchas de las mujeres militares y civiles que integraban el cuerpo de intérpretes, edecanes y sobrecargos del Estado Mayor Presidencial.

La gente comenzó a retirarse de los jardines, marcando el final de la evacuación. Las cuatro mujeres se levantaron para seguir al gentío de vuelta al hotel.

Una vez en el vestíbulo, Lorena giró hacia las tres mujeres.

—¡Oigan! Si estamos muy ocupadas en los próximos días quizá no tengamos tiempo para hacer planes, ¿qué tal si nos vemos en la fiesta del despegue para brindar juntas?

Taña se rió.

—¿La fiesta del despegue?, ¿qué es eso?

—Es la fiesta *Up Wheels*, se inicia cuando los aviones de los jefes de Estado que asisten ya despegaron y no hay ningún peligro. Todos los equipos de trabajo se juntan en una de las suites presidenciales para brindar con las botellas que dejan. Es una tradición. Además, si no las bebemos nosotros, qué van a hacer con todo, ¿tirarlo?

—Cuenten conmigo —dijo Taña—. ¿Saben en qué habitación lo harán?

—Siempre hay varias de donde escoger —dijo Lorena—. Pero, para no perder la costumbre, ¿qué tal si nos juntamos en la suite de Santos del Alba? Luego podemos pasar a despedirnos de los demás en las otras fiestas. ¿De acuerdo?

Las cuatro mujeres acordaron la hora y lugar para disfrutar juntas el brindis y se encaminaron a sus habitaciones para comenzar sus quehaceres oficiales.

Capítulo 3

—¿Alguien necesitará el baño en la próxima media hora? —preguntó Carolina al llegar a la habitación mientras se quitaba los zapatos y la ropa que ya estaba pegada a su cuerpo por la humedad de los jardines del hotel—. Me urge bañarme, y un remojón en la tina me caería de maravilla.

—A mí también —dijo Lorena—, ¡y conozco un lugar donde cabemos las tres! Pónganse los trajes de baño y vamos, ¿no?

—¿A dónde? —preguntó Susana. Estaba demasiado cansada para participar en una de las locuras de su amiga.

—Pues mira, chica —canturreó Lorena—, está la suite de descanso para las intérpretes que no están hospedadas en el hotel, y resulta que ahí tienen un jacuzzi como para diez personas. Somos intérpretes, ¿no? Y como hoy no hay actividades oficiales, ¿quién dice que no podemos usarlo? Es más... pasé a ver la habitación por la tarde, ya está surtida con y todo lo necesario. ¡Vamos!

Susana y Carolina intercambiaron miradas y sonrieron. A Lorena por fin se le había ocurrido una idea agradable, normalmente sólo ideaba locuras que tarde o temprano las metían en líos con el mando.

Rápidamente se pusieron los trajes de baño, unos caftanes y salieron al pasillo del hotel. Empezaron a caminar hacia los elevadores cuando Lorena las detuvo.

—¡No! Será mejor que nadie nos vea, pues si nos descubren, vamos a tener a medio Estado Mayor en esa suite, y eso arruina nuestro propósito de relajarnos un rato. Mejor tomamos las escaleras de servicio, la suite está junto a la conserjería, y nos podemos meter por la puerta de servicio.

Carolina se rió.

—Ay, Lorena. No cabe duda de que desde que andas con un policía, cada día te vuelves más misteriosa.

Lorena giró sobre sus talones, e hizo una reverencia a Carolina.

—Por favor, hijita de mi alma. No ando con un policía, sino con el papá de todos los policías.

—Sí —agregó Susana—, el papá pitufo.

—¿Como que papá pitufo? —espetó Lorena, con un tono muy ofendido.

—¿No te has fijado en el pinche uniforme de los *tamarindos* de México? Con ese azul cielo y las botitas, te juro que parecen pitufos. Y el mero jefe tiene que ser el papá pitufo, ¿no?

A Lorena le ganó la risa a pesar de sí misma. Susana no le había dicho que ellos eran pitufos porque eran azules y no tenían madre.

—Tienes toda la razón. Tengo que contarle eso a Arnulfo. ¡Le va a fascinar! —Dio la vuelta y abrió una puerta al final del pasillo y dijo—: Aquí estamos.

Lorena detuvo la puerta para que sus amigas pasaran a las escaleras de servicio. Bajaron las cuatro plantas para llegar la conserjería y entraron a la suite de descanso.

El lugar superaba la descripción de Lorena: El jacuzzi estaba en la terraza, tenía una bella vista del mar, la brisa de la tarde había refrescado y el agua caliente las invitaba.

La habitación estaba amueblada con varios sillones, escritorios y computadoras que desentonaban con la maravilla del jacuzzi. Carolina paseó por el cuarto revisando el sistema de sonido para las cabinas de traducción; sin embargo, no podría probar el sistema hasta el día siguiente cuando encendería el equipo en las cabinas y el recinto oficial, pero esta revisión le era tan familiar que reconocía de inmediato cuando el trabajo del equipo técnico era perfecto.

Se dio cuenta de que estaba bien hecho y sonrió satisfecha. Se acercó al refrigerador y sacó tres aguas minerales, los abrió para llevárselos a sus amigas.

Al salir a la terraza, respiró profundamente.

—Mmmmm... ¡huele a Hawai! —dijo nostálgicamente mientras les daba una botella a cada chica.

—Eso es por el huele de noche, que se parece mucho al jazmín pikaki que tienen en Hawai —respondió Susana, para luego agregar riendo pícara—. Eso lo sé gracias a Alejandro.

—¿Alejandro qué? —preguntó Lorena, visiblemente molesta porque su amiga no le había confiado un nuevo amorío con ningún Alejandro—. ¿Qué secreto andas guardando, amiga?

—Sí —dijo Carolina, que ya se metía en el jacuzzi tras quitarse el caftán—. Cuéntanos todo, y con lujo de detalle —agregó, suspirando, al gozar del agua burbujeante que ablandaba su piel tensa después de tantos días de ajetreo. Se acomodó en el asiento en el extremo opuesto a sus amigas, descansó la cabeza en la orilla de mármol y cerró los ojos—. Necesito escuchar un buen cuento romántico para revivir mi espíritu. Es que no saben qué días he pasado.

—Pues cuéntanos —dijo Lorena.

—No, le toca a Susana primero —respondió perezosamente Carolina—, luego les cuento yo.

Susana titubeó unos momentos, pero decidió contar su aventura. Después de todo, las tres chicas llevaban muchos años trabajando juntas y habían compartido sus relatos de amores y desamores, ¿qué más daba que supieran que ella andaba con uno de los hombres más poderosos del país?

—Es Alejandro Sansores —declaró, esperando la reacción de sus amigas.

—¿El vejete Secretario de Relaciones Exteriores? —preguntó Lorena con un tono chillante rayando en histeria—. ¡Qué asco!

—¿Y supongo que papá pitufo sólo parece un viejo decrépito que de noche se convierte en un jovencito bello y sensual?

Lorena se sacudió sin sentirse realmente ofendida.

—Tienes razón. Arnulfo no es precisamente un Adonis, ¿verdad? Perdón, amiga. Sigue contándonos.

—¿Se acuerdan de que después del viaje a Suiza tomé un poco de tiempo sola para ir a Andorra? —Lorena y Carolina asintieron con la cabeza—. Bueno, pues en el vuelo comercial que tomé a Barcelona para enlazar con Andorra, Alejandro Sansores, mi jefe cuando estuve en Relaciones, se sentó junto a mí... y fue por puritita casualidad. Él iba a Barcelona por indicaciones del señor presidente y de ahí regresaba a México.

—¿Y luego? —Lorena quería saber los detalles más íntimos.

—Nos pusimos a conversar de mil tonterías, mientras tomábamos mimosas; la verdad es que a los dos se nos pasaron un poco las copas. Cuando llegamos a Barcelona, en lugar de alquilar un coche, como yo había planeado, Alejo me invitó a su hotel a comer y descansar un rato para que se me pasara el efecto de las copas antes de manejar un auto.

—¡Ajá! —dijo Carolina, con los ojos todavía cerrados—. Y ahí la seducción del viejo comienza, ¿no?

—Hasta eso, no —dijo Susana, para luego reír—. Es precisamente lo que me atrae de él. No es ni coqueto, ni seductor ni vulgar. Al contrario, es todo un caballero. Después de comer en el restaurante del Princesa Sofía, me llevó a sus habitaciones. Me recosté en un sillón con la idea de tomarme una siesta y luego salir por carretera a Andorra, a las aguas termales, ya saben.

—Y nunca fuiste a Andorra, ¿verdad? —Lorena habló con el tono picaresco que bien describía su personalidad.

—Al contrario. Desperté hasta la mañana siguiente, solita en la habitación. Alejo había salido, no sin antes dejarme un espléndido desayuno. Sobre la bandeja me dejó una hermosa rosa blanca y una nota. Me pedía que disfrutara el desayuno, pues mi equipaje pronto llegaría para que pudiera bañarme a gusto. Al final decía que, al concluir su misión a la una de la tarde, le sería un gran honor llevarme personalmente a Andorra.

—Y ahí comenzó el romance, ¿no es así? —Lorena comía ansias por saber los detalles.

—No, realmente no. Desayuné, me arreglé y llegó por mí a la una en un coche alquilado, sin chofer. Eso me dio desconfianza, pues pensé que lo hacía por discreción. Ya saben, con la idea de hacerme suya sin que nadie se enterara.

—Y no fue así, ¿verdad? —Carolina conocía muy bien a Alejandro Sansores y lo consideraba un verdadero caballero, incapaz de una fechoría de cualquier especie.

—Lo conoces bien, ¿verdad, amiga? Pues no pasó nada indebido. Llegamos a la hora de la cena a Andorra, él tenía dos habitaciones en el mejor hotel del pueblo reservadas. Tras una velada exquisita, me acompañó a mi habitación, me dio un beso en la mejilla y me deseo las buenas noches.

—Y, ¿ya? —Lorena no pudo ocultar su decepción— ¡Qué aburrido!

—Vieras que no —dijo Susana—. Al contrario; fue algo así como una velada a la antigua, como cuando éramos adolescentes y salíamos con el novio de manita sudada. Es un tipo sumamente dulce y romántico, pero es incapaz de propasarse con una dama.

—¿Qué pasó después?

—Pues eso fue hace... ¿qué? ¿Dos meses? Pasamos esa noche en Andorra y regresamos a Barcelona el día siguiente, para tomar el avión a México. Nos sentamos juntos de nuevo, platicamos de nuestras vidas enteras, llegamos a México y punto. Cada quién su camino y todo eso, o por lo menos eso pensé —sonrió a sus amigas—, pero no fue así. Me ha invitado a salir por lo menos dos veces a la semana desde entonces y la hemos pasado de lujo.

—Pero, ¿nada de nada? —preguntó Lorena sofocando un bostezo—. Me aburres, amiga.

—Bueno, no hubo nada hasta la semana pasada, cuando me invitó a Hawai.

Carolina se enderezó y abrió los ojos.

—Ahí sí que no fue por algo oficial, porque no he visto

nada en la agenda del Presidente que indicara algo en Hawai.

—No, nada oficial. Fue super romántico. Durante la cena en el Mauna Loa yo estaba disfrutando del espectáculo, y él me preguntó si alguna vez había visto el del Halekulani justo en el ocaso en la playa de Waikiki. Dije que no y, de buenas a primeras, me invitó a pasar una semana con él en Hawai.

—¡Órale! —exclamó Lorena—. ¡Qué delicioso lugar para pasar una luna de miel!

Carolina estaba muy seria. Ella conocía toda la historia del Secretario, y sabía que jamás dejaría a su esposa. La mujer estaba parapléjica a causa de un accidente automovilístico ocurrido años antes. Alejandro Sansores era conocido por su absoluta y sincera dedicación a ella. Se decía que él conducía el auto accidentado y que, por sentimientos de culpabilidad, jamás abandonaría a su esposa.

—Ay, amiga —Carolina acotó sin ocultar su preocupación—, ya me imagino qué semana tan romántica y bella... pero, ¿sabes lo que haces? Todo el mundo sabe que Alejandro Sansores jamás dejará a su esposa, temo que tarde o temprano vas a salir muy lastimada.

Susana se rió.

—Carolina, estoy perfectamente consciente de lo que estoy haciendo. Mírame bien, amiga. No me interesa ni el matrimonio ni una relación formal con nadie. Al contrario, lo que quiero es precisamente lo que tengo con Alejandro. Me trata como una reina, la pasamos de maravilla juntos y, al llegar a casa, cada quién sigue su vida como mejor le place.

—Sí —dijo Carolina con un tono de amargura—, conozco muy bien el síndrome. Cada quien a su casa, cada quien a su vida, cada quien a su propia soledad. Él a la soledad de estar acompañado sin estarlo, y tú, a la soledad de estar realmente sola. Tus hijos están con su padre. Y tú, Susana, ¿no mereces más?

—Más que un hombre que realmente me quiere y que me trata divinamente bien. No. Mira, amiga, en esta vida existen dos tipos de mujeres: la que se queda arrumbada en casa mientras el marido anda con la amante, o la amante que sale con el marido de otra. He vivido los dos papeles; prefiero ser la amante.

Carolina reflexionó un momento antes de responder. Ella era la viuda de un hombre que le había sido infiel desde la misma luna de miel, también había sido amante de un hombre casado: un breve idilio que no había durado, precisamente por la enorme soledad que le dejaba. Las palabras de Susana le daban la razón, pero no estaba del todo de acuerdo con ellas.

—No sé, Susana. ¿Qué más quisiera que encontrar un hombre que pudiera aceptarme como su amante y su esposa a la vez? ¿No crees que exista un hombre así?

—Sí, por supuesto que existen —interrumpió Lorena—. He conocido muchos y tú también. Lo único malo es que suelen ser feos, aburridos y pobres.

Las tres rieron a carcajadas por la ocurrencia de Lorena, pero luego se pusieron serias. Era la pura verdad.

Carolina forzó una sonrisa.

—En verdad te felicito, Susana. Si eres feliz con él, es lo único que cuenta.

—Gracias, amiga, pero ahora te toca a ti. ¿Cómo te fue en Washington? ¿Cómo estuvo lo de POTUS?

—Lo de siempre —suspiró Carolina—. Si venía Castro a

la reunión, POTUS no asistía, y la cumbre se acababa antes de empezar.

—Por lo visto, ¿viene? —Susana preguntó, aunque sabía de antemano la respuesta, porque de otra manera no estarían todas ahí.

—Sí, por supuesto, pero eso quiere decir que la invitación se le canceló a Castro, cosa que no le agradó nada al señor presidente. Mañana hay una reunión entre Castro y Santos del Alba en Cuba para que Santos del Alba sea el portavoz de Fidel.

—¿Vas a ir? —preguntó Lorena—. ¿Puedo acompañarte?

—Todavía no sé. Me imagino que en la noche me avisarán si tengo que ir, pero ¿quién sabe? Con todo el ajetreo de la tarde, son capaces de llevar a Santos del Alba en un helicóptero en lugar del transbordador programado. De ser así, irán menos efectivos. Y no Lorena, no gozo del privilegio de invitar a mis amigas.

—¿Qué más pasó en Washington? Te notabas bastante molesta cuando llegaste —Susana tenía el ceño fruncido mientras preguntaba.

Carolina les contó con lujo de detalles lo sucedido con el general Santiago. La risa de sus amigas atrajo al conserje del hotel, quien descubrió a las chicas en el jacuzzi y, lejos de molestarse, les ofreció una cena especial de ensalada, fruta y queso.

—¡Justo lo que necesitamos! —dijo Carolina, todavía sofocando la risa al recordar la descripción de Alejandro de la expresión en la cara del General al encontrarlo en la cama de Carolina—. Pero, ¿podría enviarlo a nuestra habitación? Ya es bastante noche y tenemos que amanecer con los pajarillos.

—Sí, señorita, con mucho gusto —respondió el conserje, saliendo discretamente de la suite y cerrando la puerta tras de sí.

Un rato más tarde, cuando las tres mujeres estaban de piyama disfrutando de la merienda enviada por el amable conserje, sonó el teléfono. Carolina se levantó a contestarlo. Tras un corto intercambio de palabras, regresó a la mesa.

—Santos del Alba acaba de llegar. Me voy a Cuba a las nueve de la mañana. POTUS va a llegar a las ocho de la noche, así que apenas llegaremos a recibirlo.

—¿Les preguntaste si puedo ir? —Lorena no perdía la esperanza.

—No, Lorena, no les pregunté. No era opción, te lo juro. Pero te tengo una misión... si quieres.

—Por supuesto que quiero.

Lorena se dio cuenta de que se trataba de algo de interés personal, porque la expresión de Carolina cambió. Sus labios se torcieron en una media sonrisa y le brillaban los ojos.

—¿De qué se trata? Por tu semblante, me imagino que se trata de algo bastante personal. ¿Voy a seguir a algún galán? ¿Ligarme a un dignatario extranjero? —se puso de pie y alzó la mano derecha hacia la frente en son de saludo militar, pero mal hecho— A tus órdenes, mi capitana.

—Teniente —dijo Carolina con una risita, devolviendo el saludo con un ademán en el aire—, pero no importa. Déjame decirte que tengo mucha curiosidad respecto a Taña, pero sería mucha indiscreción de mi parte preguntarle.

—Y sería una mayor indiscreción si ella te contestara —agregó Susana.

—Entonces, como tú te llevas muy bien con ella; obsérvala, ¿de acuerdo?

Lorena pareció pensarlo un momento, pero luego le sonrió a su amiga.

—De acuerdo, pero, ¿por qué no simplemente le pregunto? Ella es bastante abierta, y no dudo que me lo desembuche a la primera. Recuerda que cuando ella andaba con Arzate Bachi, salían a menudo con nosotros. Y aunque ya no anden juntos, esto no quita el que ella y yo nos hicimos buenas amigas. Oye, amiga, ¿por qué quieres saber qué hay con ella? Como que dudo que ella ande metiéndose en tus cosas, ¿o sí?

Carolina no había pensado bien las cosas antes de pedir la ayuda de Lorena. Olvidó por completo que Lorena y Taña eran amigas. Se apresuró a disculparse.

—Ay, amiga, ¡discúlpame! No quise incomodarte para nada. Al contrario. Te aseguro que se trata de simple y sencilla curiosidad de mi parte. Es que desde hace tiempo me he ido formando una hipótesis de cómo se manejan las cosas. Cuando descubrí a Taña aquí en Cozumel, me pude imaginar cuál sería su misión. Si viene a seducir al Primer Ministro de Canadá, entonces estoy avanzando en probar mi teoría.

Susana y Lorena intercambiaron miradas divertidas, pero ninguna de las dos soltó la carcajada. Susana, la más controlada, se volvió hacia de Carolina.

—Eso me suena a servicio secreto chino, amiga... ya sabes... son muy misteriosos, pero muy pendejos, porque ven fantasmas y magnicidas detrás cada arbusto.

Carolina se rió a pesar de sí misma.

—Puede ser, pero ¿qué tal si tengo razón?

—¿Razón en qué? —preguntó Lorena, ya intrigada.

Carolina titubeó un momento sin saber si debía contarlo todo a sus amigas. Eran civiles, así que jamás les habría confiado algún secreto de Estado, pero esto probablemente no fuera más que una sospecha infundada. Finalmente decidió confiar en ellas.

—Creo que el general Porfirio está manipulando a los jefes de Estado por medio de todo lo que esté a su alcance para lograr que voten con México en contra del Tratado de Libre Comercio que los gringos van a proponer en la reunión.

Las dos mujeres fijaron la vista en el rostro de Carolina y se dieron cuenta de que hablaba en serio. Susana, la mayor, era una abogada que alguna vez había trabajado en el servicio exterior diplomático, sabía reconocer la seriedad de semejante acusación.

—Carolina, creo que le estás dando vuelo a tu imaginación.

—Lo sé y lo reconozco —dijo Carolina—. Espero estar completamente equivocada. Sin embargo, ¡si yo te contara! pero eso es sopa de otro plato, y mejor lo dejamos para el *Up Wheels*. Si no me duermo pronto, no me voy a levantar para salir a Cuba.

Capítulo 4

Mientras el transbordador se deslizaba sobre el Caribe, Carolina tuvo la sensación de estar flotando en lugar de navegar. No sentía las molestias que normalmente la atacaban durante sus travesías, en esta ocasión sí podía disfrutar del viaje.

Sus órdenes indicaban un trayecto de dos horas y media, aunque esto le parecía imposible dada la distancia entre Cozumel y Cuba, pero al sentir la velocidad de la nave comenzó a comprender.

Un oficial de la marina cubana se le acercó.

—Buenos días —el joven oficial le regaló una gran sonrisa, mostrando los dientes más blancos y perfectos que Carolina hubiera visto en su vida—. ¿Está disfrutando de la travesía?

El gobierno de Cuba había enviado *El Kometa* a Cozumel para trasladar a la comitiva presidencial a Isla de la Juventud, a escasos cien kilómetros de la isla principal de Cuba y bastante más cerca de México.

Carolina le devolvió la sonrisa, contenta de tener con quién conversar un rato.

—Tremendamente —le contestó, y extendió la mano para saludar al oficial—. Soy Carolina Suárez, a sus órdenes.

—Mucho gusto. Yo soy Roberto Vallejo, a los pies de usted. La noté algo solita y pensé que quizá no se sintiera bien.

—Al contrario. Me siento maravillosamente bien, lo que es un milagro porque normalmente me mareo antes de zarpar.

El muelle se mueve demasiado para mi gusto, ¡por Dios! Pero este barco me provoca otra sensación.

—¿Se le ofrece algo de beber? ¿o de comer? Hay bufé en el comedor principal.

Carolina no había desayunado mientras se preparaba para un largo día de mareos y malestares.

—La verdad es que no he desayunado por temor a marearme...

—Yo tampoco desayuné, Carolina. ¿Puedo tutearte? Me parece que los dos somos tenientes, y pensé...

Carolina se rió.

—Por supuesto, Roberto. Y si me vas a invitar a desayunar, acepto con gusto. La verdad es que me muero de hambre. Pero primero, una pregunta: ¿se siente más el movimiento del transbordador allá abajo? No tengo ganas de marearme.

—Te prometo que se siente igual allá que acá. ¡Vamos!, que también te prometo que nos espera un desayuno sabrosísimo.

El teniente la tomó muy propiamente del brazo y la ayudó a descender la escalera de caracol que conducía a la cubierta inferior. Ante ellos apareció un enorme salón de pasajeros, con bancos alineados en los costados de cristal. La vista era tan bella como la de la cubierta superior, pues el transbordador no tenía gran calado. Los enormes pontones inflados que se deslizaban sobre las olas de la mar parecían una nave espacial y no de una nave.

Roberto guió a Carolina hacia el fondo del salón de pasajeros, donde había dos puertas cerradas. Ella sabía que el Presidente estaba en el camarote cuya puerta tenía un letrero que decía "Privado". Tras abordar el transbordador, al disculparse por no bajar a las cubiertas inferiores por temor al mareo, su comandante se había burlado con ganas, y luego le había dicho dónde iban a estar durante la travesía.

El oficial abrió la puerta izquierda, ante ellos estaba el comedor de la tripulación. Algunos de los compañeros de Carolina estaban terminando de desayunar con los oficiales de la marina cubana, todos se volvieron a verla entrar con el oficial cubano.

El coronel Treviño fue el primero en aplaudir y los demás le siguieron la corriente.

—Con que se dignó a bajar con nosotros... ¡Felicidades! ¡Ya venció su fobia a los barcos!

La burla del Coronel era de buena fe, y Carolina respondió con una carcajada.

—Mucho cuidado, mi Coronel —le dijo entre carcajadas—, porque no se trata de ninguna fobia, es mareo —dijo, torciendo su rostro en una mueca de fingido malestar—. ¿Me siento a su lado...? ¿Por si acaso?

El Coronel se puso de pie, todavía riéndose.

—Siéntese dónde guste, pero yo me retiro para coordinar la llegada con mis contrapartes de seguridad cubana. ¡Buen provecho! Me da gusto que se sienta mejor.

El Coronel se retiró y Carolina se preguntó una vez más por qué la habían incluido en este viaje. Normalmente los acompañaba un intérprete de alta seguridad, así que no encontraba razón alguna para su presencia en una reunión entre Santos del Alba y Fidel Castro.

La voz del teniente cubano la hizo reaccionar.

—¿Te sientes bien?

—Sí, perfectamente. ¿Por qué?

—De repente estabas como ida y pensé...

Carolina se rió.

—No, de verdad estoy bien. Lo que pasa —dijo mientras se sentaba a la mesa—, es que no tengo la menor idea para qué me trajeron.

En ese momento un mesero se acercó con una cafetera en la mano y Carolina volteó la taza que estaba frente a ella sobre la mesa. El mesero le sirvió y ella agradeció el servicio con una gran sonrisa.

Roberto se sentó a su lado, volteando su taza y agradeció al mesero su atención. El mesero despejó la garganta, y procedió a ofrecerles un recuento del menú:

—Señores, hoy tenemos un exquisito surtido de panes dulces y salados, huevos y tortillas de huevo a su gusto, huevos a la benedictine con salsa holandesa y jamón canadiense, cereales y avenas con fruta fresca, y yogurt.

—Hmmm —Carolina frunció el ceño—, me encantaría probar los huevos a la benedictine, pero mejor no —admitió, sin poder confiar del todo en la reacción de su estómago ante semejante plato—. Si fuera tan amable, creo que mejor tomaré un poco de yogurt con mango y un pan tostado con mantequilla.

El mesero asintió con un movimiento de la cabeza.

Roberto ordenó los huevos a la benedictine, aludiendo generosamente a la posibilidad de compartirlos con Carolina; por si se le antojaban después de acariciar su estómago con el yogurt.

Sus platillos llegaron casi al instante y los dos desayunaron con gusto. Apenas pronunciaron palabra: sólo alabaron la comida.

Al retirarles sus platos, el mesero les sirvió más café. El comedor estaba casi vacío, los comensales se habían ido retirando uno por uno al terminar de desayunar. Ahora estaban en el salón de pasajeros o en la cubierta superior, para disfrutar de la vista o fumar en la única cubierta en dónde se permitía.

Roberto rompió el silencio.

—Antes de desayunar, dijiste que no tenías la menor idea de a qué te trajeron.

No era pregunta, pero Carolina decidió contestar como si lo fuera.

—Pues sí, así es. Yo me dedico a las cuestiones de protocolo y comunicación. Ustedes siguen el mismo protocolo que nosotros, basado en las normas francesas, así que no me necesitan, y en cuanto a la comunicación, pues supongo que nuestros presidentes hablan el mismo idioma, ¿no?

—Me supongo que sí —dijo Roberto, riéndose—. Aunque de repente ustedes los mexicanos dicen cada disparate...

—Igual ustedes los cubanos —respondió Carolina riéndose también—, pero fuera de broma, soy traductora. ¿Qué voy a traducir?

—Ya comprendo, los comandantes de nuestros países son iguales: no dan explicaciones, sino órdenes. Es tarea de nosotros obedecer y no preguntar.

—Algo así como el refrán de "despacio al pensar, pero pronto al ejecutar." Pero, dado que probablemente no tenga nada que hacer aquí, platícame de Isla de la Juventud, la he oído mencionar muchas veces, pero tengo que confesar mi ignorancia.

Roberto mostró su agrado por la oportunidad de hablar

acerca de su país con una gran sonrisa.

—Se encuentra en el golfo de Batabanó, a unos cien kilómetros de la isla principal, este es el transbordador que lleva pasajeros entre Batabanó e Isla de la Juventud. Es del tamaño de Trinidad, pero la población no pasa de 60 000 habitantes. Antes era el paradero favorito de los piratas, incluso, se piensa que *la isla del tesoro* de Robert Louis Stevenson se desarrolla en ella. Desde el siglo diecinueve hasta la Revolución, su único uso fue como prisión, y tanto Juan Ignacio Martí como Fidel Castro cumplieron condenas en ella. Castro clausuró la prisión en 1967, pero mi abuelo vivió ahí hasta su muerte hace unos años.

—Ay, lo siento. ¿Pero qué hacía tu abuelo en ese lugar? ¿Qué lo mantuvo ahí?

—Precisamente, la prisión. Estuvo encarcelado ahí al mismo tiempo que el comandante Castro, como simpatizante. Era profesor cuando lo arrestaron, y fue juzgado como disidente —dijo, casi con orgullo.

—¿Y lo era?

—No. Nada más era librepensador.

—Entonces, cuando salió de la prisión, ¿le gustó tanto el lugar que no pudo dejarlo? —preguntó Carolina, riéndose.

—No, no es para tanto. Él tenía otros intereses, lo cual nos lleva de nuevo a la historia de la isla: recuerda que Stevenson la nombró Isla del Tesoro por algo. Mi abuelo era profesor de geología, y por las leyendas que le contaron los guardias locales y los demás prisioneros, estaba convencido de que había oro en esa isla. Después de ser liberado, lo contrataron en un colegio local de Nueva Gerona, y de ahí en adelante, pasó todo su tiempo buscando el oro.

—Y, ¿lo encontró?

—En abundancia. Las principales vetas de oro en Cuba se han descubierto en la isla, y en estos precisos momentos, hay un proyecto que se llama Delita, una exploración de oro y plata cuyas operaciones comienzan a fines de este año con inversión canadiense.

—¿Y lo descubrió tu abuelo?

—Mi abuelo y muchos otros.

—Cuéntame más.

Roberto continuó hablando de la Isla de la Juventud y sus leyendas, pero pronto fueron interrumpidos por el coronel Treviño.

—Teniente, se le necesita en el centro de mando.

Carolina se puso de pie inmediatamente, y tendió la mano hacia el teniente cubano.

—Me llama el deber —se despidió, estrechando la mano del joven cubano que también se había puesto de pie—, pero no sabes el gusto que me ha dado platicar contigo. Espero volverte a ver antes de regresar a México.

—El gusto ha sido mío. ¿No quieres que te acompañe?

—No, gracias. Conozco el camino.

Al entrar en el camarote que fungía como centro de mando, Carolina notó un despacho privado al fondo, donde seguramente estarían el Presidente y el General.

El coronel Treviño la esperaba solo.

—Siéntate, Carolina —le dijo informalmente, ya que estaban solos en el cuarto.

Carolina se sentó, esperando sus órdenes intrigada, pero al sentir tanta tensión por parte del Coronel, trató de aligerar el ambiente.

—¿No me digas que por fin voy a saber a qué me trajeron?

El Coronel no se rió.

—Así es, Carolina, es algo delicado.

Carolina se enderezó en su silla, fijando su atención en el rostro del Coronel mientras escuchaba los detalles de su misión.

—Vas a asistir muy discretamente a la conversación privada entre el presidente Santos del Alba y el comandante Castro.

—Sí, mi Coronel —contestó Carolina, sin imaginarse para qué, pero habría sido imprudente de su parte preguntar.

—En esa junta, se van a discutir varios asuntos que tienen relevancia tanto para México como para Estados Unidos, y tendrás que prestar atención especial sobre los mensajes que Castro quiere hacerle llegar al Presidente estadounidense. ¿Comprendes?

—Sí, mi Coronel, pero ¿qué voy a hacer con esa información?

—A eso voy, Carolina, así que no me interrumpas hasta que termine —notó que la teniente se mordía la lengua, y continuó—: habrá muy poco tiempo entre nuestro regreso a Cozumel y la llegada del Presidente estadounidense; definitivamente no el suficiente para que se transcriba y se traduzca toda la reunión por medio de los conductos normales, además de que se trata de asuntos confidenciales y hay muchísima prensa alrededor del hotel. Así, tendrás que tomar notas en inglés sobre los puntos principales que conciernen a Estados Unidos. No divulgues los asuntos entre Cuba y México: Castro suele hablar mucho de la educación, desigualdad y, además, suele divagar entre temas. Tendrás que poner mucha atención para distinguir cuáles son los puntos relevantes a transcribir. ¿Puedes hacer eso?

—Por supuesto que sí —le aseguró Carolina—. Y, ¿luego?

—En el camino de regreso a Cozumel, quiero que transcribas todo, en inglés, a máquina. Habrá una sola copia del documento, y no la soltarás a nadie. ¿Entendido?

—Sí, mi Coronel. Y, por supuesto, debo destruir la cinta de la máquina en que lo mecanografié, ¿verdad?

—Por supuesto.

El Coronel se quedó callado un momento y Carolina se puso de pie, mirando su reloj. Por lo que le había dicho el teniente cubano, deberían de estar llegando a Isla de la Juventud en cualquier momento.

—Si eso es todo, mi Coronel, debo refrescarme un poco antes de llegar.

—Puedes retirarte —le dijo el Coronel, poniéndose de pie para observar la retirada de su subordinada—. Y, Carolina... gracias.

—No hay de qué —le dijo Carolina—. Por eso me pagan.

Escuchó la risa del Coronel al retirarse al baño.

Después de salir del tocador, Carolina regresó a la cubierta superior. Pocos minutos más tarde, vio la isla por primera vez. Aunque apenas pudiera ver una tercera parte de su extensión, empezó a comprender porque era legendaria. Las partes bajas estaban cubiertas por una suave bruma, mientras que en la parte superior sobresalían montañas adornadas con bosques frondosos y verdes. Carolina no imaginó que la isla fuera montañosa, aunque al pensarlo, se dio cuenta de que tenía sentido que así fuera, sólo así podrían explicarse las minas de oro.

Mientras *El Kometa* atracaba al lado del muelle y sus pontones se desinflaban lentamente, Carolina salió en busca del coronel Treviño, quien seguramente la llevaría a la reunión entre los presidentes. Un grupo de militares estaba esperando a la comitiva en el muelle, le dio gusto ver que sus uniformes se parecían mucho su uniforme de tierra cálida, de tal modo que su presencia en la reunión sería muy discreta.

Al desembarcar, Carolina siguió al Coronel, quien la invitó a subir a un jeep. Obedeció y se subió al asiento trasero con dos oficiales de la delegación mexicana.

Desde ahí, vio cuando Santos del Alba desembarcó, acompañado del general Porfirio Caballero Castillo, Jefe del Estado Mayor Presidencial. El General echó una mirada al vehículo donde estaba Carolina, y ella notó su acostumbrada sonrisa casi imperceptible.

El General era un hombre de aspecto rudo y serio, pocas veces mostraba alguna expresión. Al comienzo de su carrera militar, Carolina le había temido, pero, con el paso de los años, había descubierto un gran comandante, alguien sentimental. Ahora lo apreciaba más como un gran amigo.

La mirada del General disipó su nerviosismo, se sintió cómoda y pudo escuchar el comentario turístico del chofer del jeep.

—Estamos en la zona de la isla conocida como la colonia hotelera, renombrado centro turístico con balnearios y hoteles que incluyen todos los servicios en un solo precio —les decía el joven suboficial cubano—. Estamos en el costado opuesto a la ciudad de Nueva Gerona, la zona más poblada de la isla. Este lugar se presta mucho más para una reunión cumbre, por la calidad de sus servicios y por su aislamiento. En cuanto a la seguridad, todos los huéspedes de los distintos hoteles se han cambiado a un solo hotel en el otro extremo de la colonia, lo cual nos da absoluta libertad de movimiento dentro del recinto. Si los presidentes así lo decidieran, podrían bañarse en el mar o dar un paseo en la selva. Todo está debidamente asegurado.

Mientras los demás se reían, Carolina pensó en esas dos posibilidades, y ninguna de las dos le agradó, dada la tarea que se le había encomendado. A pesar de sí misma, se rió al imaginarse tomando notas bajo el agua mientras los jefes de Estado jugaban como *Flipper*.

Pronto llegaron al vestíbulo del enorme edificio, parecido a cualquier hotel de lujo de Cozumel o Acapulco. El lugar estaba al aire libre, lujosamente decorado y atendido por empleados uniformados. El chofer del jeep invitó a los militares a sentarse en un conjunto de sillones de mimbre y llamó a un mesero para que los atendiera.

Carolina se inclinó en la dirección de un colega y susurró:

—Nos atienden a cuerpo de rey.

Su compañero sonrió, con agrado.

Pocos minutos después llegó el automóvil en que viajaban el presidente Santos del Alba y el general Porfirio.

Todos los presentes se pusieron de pie.

Desde una oficina de la recepción salió Fidel Castro, con los brazos abiertos como un gesto de camaradería para recibir cálidamente a su colega y amigo, el presidente Juan Ignacio Santos del Alba.

Tras fuertes abrazos, los jefes de Estado se sentaron en otro conjunto de muebles de mimbre similares a los que utilizaban a Carolina y sus compañeros.

Unos meseros se les acercaron inmediatamente, y el comandante Castro les ordenó algo que Carolina no pudo descifrar desde su punto de observación.

Ella miró al coronel Treviño en son de pregunta, sin saber si ella tenía que acercarse a ellos durante un momento tan obviamente social. El Coronel movió la cabeza para señalar una negativa.

Escasos minutos más tarde, una fila de meseros entró al recinto con bandejas llenas de bebidas verdes en copas de cristal, y caminaron entre todos los invitados para servirles.

Castro observaba desde su aposento mientras los meseros entregaban las copas y, cuando todos los presentes tenían bebidas, se puso de pie. Todos correspondieron.

Con el anillo que había usado desde antes de la revolución, golpeó ligeramente su copa.

Todos los presentes se volvieron hacia él y esperaron en silencio.

El Primer Secretario del Comité Central del Partido Comunista de Cuba y Presidente de los Consejos de Estado y de Ministros, Fidel Castro Ruz, sonrió a todos, girando sobre sus talones para incluir a todos sus colaboradores e invitados antes de pronunciar un brindis que jamás olvidarían:

—Señor presidente, empecé diciéndole estimado, excelentísimo, y creo que al final voy a decir, querido señor presidente:

"Pienso ser breve aunque no traiga papeles (hubo risas en el recinto).

"No voy a tratar de explicarlo ahora, trataré yo mismo de explicármelo después, pero es que pienso que hay muchas cosas afines, mucha simpatía, mucha afinidad entre mexicanos y cubanos, entre la Revolución Mexicana y la Revolución Cubana.

"La primera revolución social en este hemisferio fue la de México. La primera revolución social —como ha dicho el Presidente muchas veces— en este siglo. La segunda revolución social, nosotros la llamamos la primera revolución socialista en este hemisferio, es la Revolución Cubana.

"La historia no transcurre sin razón; los hechos no ocurren en balde. Nosotros pensamos que esa historia es común, que esa experiencia común nos une. Hay diferencias, pero la diferencia no está en la legitimidad, en la pureza y en la fuerza de nuestras revoluciones, la diferencia está en los momentos históricos, las condiciones y las circunstancias en que cada una de ellas ocurrieron.

"A nosotros siempre nos interesó mucho la Revolución Mexicana, nos interesa hoy y nos interesará mañana, su experiencia, su desarrollo, sus ideas. No podemos olvidar que la Revolución Mexicana fue siempre una fuente de inspiración para los revolucionarios cubanos y hoy sigue siendo una fuente de muy rica experiencia.

"He meditado, he tratado de profundizar en los problemas de ustedes en esta etapa y sé que son difíciles, sé que no tienen una tarea fácil delante. He tratado de captar, de seguir la evolución de la política de México en estos años. He seguido de cerca los esfuerzos del presidente Santos del Alba; he leído muchos de sus discursos y tal vez a partir de este viaje lea muchos más. Tenemos un estilo diferente, yo hablo mucho, él habla poco.

"A veces he pensado que una de las tareas de los dirigentes

es enseñar y nosotros, muchas veces, sobre todo en los primeros años de la Revolución, tratábamos de explicar, de enseñar, de hacer comprender los problemas. Pero he podido observar que el Presidente hace lo mismo: trata de explicar, de enseñar, de hacer comprender los problemas, pero lo hace de una forma mucho más breve.

"Recuerdo uno de sus discursos donde decía que su desviación profesional era el estilo profesoral, por haber sido precisamente profesor de profesión, pero él tiene derecho a decir eso porque él fue profesor; yo no tengo derecho a decirlo, pues yo sólo fui alumno. Y por eso cuando voy a México, cuando converso con el presidente Santos del Alba, pienso que tal vez mi desviación profesional sea mi hábito de ser alumno, y mi hábito de respetar y admirar a los profesores. Pero estas no son simples palabras de cortesía.

"Tal vez los cubanos estemos capacitados para entender los problemas de México, porque llevamos veinte años enfrentándonos a problemas similares, enfrentándonos a problemas del subdesarrollo, enfrentándonos a dificultades de todo tipo, luchando por mejorar las condiciones de vida de nuestro pueblo, por desarrollar nuestra economía, por desarrollarnos no sólo económica sino socialmente. Y nos entendemos, comprendemos estos problemas.

"A lo largo de estos años hay algunas ideas que hemos defendido con mucha insistencia y nos encontramos, cómo también en México lo hace el Presidente, con una serie de ideas que a nosotros nos impresionan fuertemente. Voy a citar un ejemplo: lo que él dice sobre la educación. Él dice que la educación es la inversión fundamental en el recurso fundamental y es exactamente como nosotros concebimos en nuestro país la educación, y podíamos suscribir esas palabras: la inversión fundamental en el recurso fundamental.

"Él ha expresado insistentemente otras ideas que nosotros compartimos: la idea de que educar, capacitar, es la forma de igualar los desiguales, de crear la verdadera oportunidad para el talento, la inteligencia, la vocación de cada ser humano. A Juan Ignacio le gusta más invocar la poesía, yo no suelo ser muy adicto a las menciones poéticas, pero, creo que fue Bécquer, aquel clásico de la literatura española quien dijo: que cuánto genio yacía oculto, sin que viniera la mano de oro capaz de despertar aquel genio. Siempre he creído que en el pueblo hay muchos, muchos genios, pero el camino de desarrollar esos talentos, esas inteligencias, es la igualdad de oportunidades en la educación.

"Es la primera vez que yo realmente he visto una idea de esta magnitud. Está asociada con otro pensamiento del presidente Santos del Alba que no aparece en los libros clásicos de política, pero que es muy interesante: no basta la igualdad de oportunidades, sino que también hace falta la igualdad de seguridades. Más adelante añade —si mal no recuerdo— que constituía una afrenta a la historia hablar de igualdad de oportunidades entre desiguales. Y ese pensamiento realmente lo suscribo por entero.

"El ha dicho muchas cosas, recuerdo también una de sus ideas básicas, realistas y que expresan la angustia de un estadista, las preocupaciones profundas de un estadista frente a los problemas del mundo de hoy: la paz es imposible si no se cambian las relaciones económicas entre los Estados.

"Al lado de estos conceptos básicos de su política hemos podido apreciar preocupaciones que son inobjetables, desde el punto de vista de los intereses mexicanos y desde el punto de vista de los intereses de cualquier pueblo, como garantizar, primero que nada, la alimentación del pueblo mexicano tomando en cuenta la crisis alimentaria del mundo, la crisis de 1973; producir alimentos, abastecer de alimentos al pueblo mexicano; emplear los recursos naturales: el petróleo, el gas y otros bienes para el desarrollo de México; crear empleos, resolver el problema del desempleo, invertir esos recursos para encontrar un trabajo digno para cada mexicano. Es imposible no estar de acuerdo con estas ideas básicas.

"En la tarde de hoy nosotros expresamos nuestra confianza en México, nuestra fe en México. Se han creado circunstancias excepcionales en torno a México y yo me pregunto: ¿hay algún pueblo que se merezca más que México esta oportunidad? ¿Hay algún pueblo de nuestros pueblos latinoamericanos, que haya sufrido en el pasado más heridas que México, más sacrificios que México? ¿Hay otro pueblo que haya luchado más que México? ¿Hay otro que merezca un destino mejor que México, hay otro al que los cubanos debamos desear un mejor destino, más que a México? Yo creo firmemente que México se enfrenta a una coyuntura histórica y está delante de una gran oportunidad histórica.

"México tenía más recursos naturales que Italia, que Francia, que España, por qué no podía llegar a ser México —que además de ese recurso natural tenía un recurso aun más valioso: los mexicanos— una importante potencia industrial en nuestro mundo. Yo lo creo, yo estoy convencido, yo estoy seguro de que México llegará a serlo. No es una simple cuestión de fe, es también resultado de la historia de México, de lo que ustedes han sido capaces de hacer hasta hoy. Y para

76

nosotros constituye una bandera, una trinchera, una trinchera de América Latina, y nosotros sabemos lo que son las trincheras, porque nosotros somos también o creemos que somos una modesta trinchera de los pueblos de América Latina.

"Siempre tenemos presente lo que escribía, unos días antes de morir en combate, aquel hombre extraordinario que fue José Martí: en silencio ha tenido que ser y todo lo que he hecho hasta hoy y haré es para impedir con la independencia de Cuba que Estados Unidos se extienda sobre nuestros pueblos de América.

"Nosotros hemos cumplido modestamente ese deber, la historia nos asignó esa tarea, como a México le asigna hoy también la tarea de ser trinchera. Si pasamos revista al resto de nuestra América creo que ningún pueblo está hoy en mejores condiciones, ni con mejores aptitudes para defender esa trinchera.

"Hoy, en nuestras conversaciones, en nuestros encuentros, en nuestros cambios de impresiones, nosotros y los compañeros de nuestra delegación habremos enriquecido mucho la comprensión de este hecho y esta realidad.

"Yo he tenido oportunidades de conversar mucho con el Presidente, bueno, creo que somos amigos, amigos francos, abiertos, sinceros, honestos.

"Puede uno leer mucho los libros, los discursos, los documentos, pero no hay nada como tratar directamente al hombre. Y así será. Este contacto habrá de incrementar extraordinariamente nuestros sentimientos de simpatía, de amistad y de solidaridad. No le envidio la tarea al Presidente, quizás pudiera decirle: envidio el privilegio de su enorme responsabilidad histórica. Su tarea es dura y es difícil, pero yo estoy seguro de que saldrá adelante. Ese es nuestro deseo más ferviente.

"El Presidente saldrá adelante. México saldrá adelante, esa es nuestra más profunda convicción. Por eso, si hemos de hacer un brindis, deseo brindar por el presidente Juan Ignacio Santos del Alba, por su éxito y por México."

Todos los presentes aplaudieron las palabras de Castro mientras los jefes de Estado se abrazaban.

Carolina no pudo más que pensar en la seriedad de las juntas que presenciaría ese día. Sólo tres días antes, había asistido a la Casa Blanca donde se le comunicó a la delegación mexicana que el Presidente estadounidense cancelaría su participación en la Cumbre en Cozumel si asistía el comandante Castro.

Esta reunión entre los presidentes de México y de Cuba fue la única concesión que los estadounidenses concedieron. México fungiría como el vocero único y oficial de Cuba en la reunión cumbre a la que tenía el mismo derecho a asistir que los Estados Unidos.

A Carolina le asombraba la dignidad con la que el presidente Castro había aceptado semejante rechazo, y lo mismo le ocurría con la confianza que mostraba en México. Al tomar un sorbito del mojito que le habían servido, se encomendó a Dios y todos los santos para ser digna de su misión.

—Carolina, ¿por dónde andas, mujer?

Carolina volvió a encontrarse cara a cara con Alejandro, su fiel acompañante en Washington.

—Alex, ¡qué gusto! No te vi en el transbordador.

—Es que yo llegué desde el día que regresé de Washington, en la avanzada.

—¡Excelente! Así que, ¿seguramente tú podrás decirme a qué hora está programada la entrevista privada?

—Sí, dentro de unos quince minutos. Treviño me mandó para llevarte al quiosco.

—¿Al quiosco? —Carolina se sentía perpleja porque jamás se llevaban a cabo las conversaciones privadas entre jefes de Estado al aire libre.

El Mayor le leyó los pensamientos.

—No te preocupes —le dijo—, que está perfectamente techado y, además, está al final de un muelle de treinta metros sobre la bahía. Ya enviamos buzos a revisar el fondo alrededor y no hay nada. Gozarán de una privacidad absoluta.

—Absoluta con la obvia excepción de tu servidora que estará apuntando toda la conversación, y en inglés para acabarla de chingar —Carolina se sentía más nerviosa con el paso de cada minuto.

Alejandro la tomó por el brazo, guiándola por la terraza de la recepción hacia la playa. Al dar los primeros pasos sobre la playa, se le llenaron los zapatos de arena y se detuvo.

—Por lo menos hasta llegar al muelle, voy a quitarme los zapatos —le dijo a su compañero—. Se me han llenado de arena, prefiero gozar la sensación de andar descalza en la arena.

—Ándale, mujer, ¡que ahí vienen!

Pero su amonestación llegó demasiado tarde. Los dos jefes de Estado ya estaban ahí y Carolina estaba descalza. Para colmo, tenía sus zapatos en la mano derecha con la que debería saludar a su comandante en jefe.

Intentó pasar los zapatos de una mano a la otra, pero uno de ellos se cayó, y el tacón le atinó directamente al dedo gordo. Sofocó el grito de dolor, pero le fue imposible ocultar la mueca al ponerse firme mientras se llevaba la mano derecha a la frente.

Al pasar frente a ella, los dos jefes de Estado le devolvieron el saludo militar. Carolina estaba casi segura de haber detectado un brillo divertido en los ojos de Castro, pero no se movió hasta que los mandatarios estaban unos pasos más adelante.

—Aquí es donde tengo que dejarte, amiga. Se nos adelantaron y se supone que tú tenías que estarlos esperando en el quiosco, desde antes de su arribo. Así que te deseo mucha suerte, ahí nos vemos...

Carolina se sintió tremendamente sola y asustada. Había traducido durante muchas entrevistas privadas entre jefes de Estado, pero ésta era la primera vez que estaría con Fidel Castro, cuya presencia ya le había impactado.

Era una profesional y se sobrepuso a su nerviosismo. Se detuvo un momento para pensar en el dilema de los zapatos, pero entonces decidió que podía caminar mucho más rápido sin ellos, por lo menos hasta llegar al muelle.

Dio pasos firmes y decididos, mirando hacia la arena para no pisar algo que le fuera a romper las medias. Al ver por fin el muelle, alzó la mirada.

Los dos jefes de estado la esperaban sobre la plataforma, dos escalones arriba de la playa, como lo haría cualquier caballero de su generación. Los dos le sonreían, y esta vez a Carolina no le cabía ni la menor duda. Estaban muy divertidos al observarla.

Optó por tomar la iniciativa.

—Mil disculpas, pero resulta imposible caminar en la arena con las zapatillas del uniforme, así que tuve que quitármelas. Me apena mucho haberles demorado tanto —les dijo, mientras colocaba los zapatos sobre la plataforma.

El presidente Castro extendió la mano para ayudarla a subir y Santos del Alba hizo lo mismo. Los dos estaban riéndose abiertamente. Carolina se sintió sumamente apenada y estaba segura de que el color se le había subido a la cara, pero tomó las manos ofrecidas para subir. Al llegar a la plataforma, dio dos pasos exactos para meter los pies en los zapatos, sin poder sacudir la arena de las medias porque no le soltaban las manos.

Santos del Alba aprovechó ese momento para presentarla con Castro:

—Don Fidel, creo que sería un buen momento para presentarte a una de mis colaboradoras del Estado Mayor, la teniente y licenciada Carolina Suárez, quien nos hará el favor de acompañarnos esta tarde.

—Es un honor conocerlo, señor presidente —Carolina estrechó la mano del comandante, y notó la suavidad y calidez de su mano.

—El gusto es mío, Teniente —respondió, y luego agregó—: Así que usted es la traductora que nos hará el favor de apuntar los asuntos a tratar con el gigante del norte, ¿verdad?

En ese momento, Carolina tuvo una extraña sensación de tristeza, pero no se explicaba por qué. Sin embargo, devolvió la sonrisa, y habló de una manera tan humilde que se sorprendió de sí misma.

—Sí, señor presidente, si así lo desean, me será un honor

cumplir con ese encargo, aunque me apene mucho no ser diplomático ni ministro al nivel que pudiera requerir esta tarea.

El presidente Santos del Alba le puso una mano sobre el hombro, de manera paternal.

—Precisamente por eso estás aquí, Carolina, en el lugar de un ministro o diplomático. Tú has traducido en cientos de entrevistas conmigo, y tienes el don de no cambiar ni una coma ni un punto. Jamás editas, jamás opinas. Tu oficio es un arte, y eres una verdadera maestra.

Ella iba a preparar las palabras de Fidel Castro que serían escuchadas o leídas por el Presidente de Estados Unidos. En ese momento identificó la tristeza que sentía: el barbudo era un hombre que había dedicado su vida entera a mejorar la vida de los cubanos, y fuese cual fuese su política, no era de ella juzgar.

Tan delicada situación aterrorizaba a Carolina, a la vez que le daba coraje y tristeza: una vez más, México se encontraba en la penosa postura de hablar por el gobierno de la isla cubana sin poder defender sus intereses.

Alzó la mirada y se dio cuenta de que los dos jefes de Estado estaban caballerosamente esperando a que ella tomara la delantera para caminar a lo largo del muelle hasta el quiosco al final.

Sonrió y empezó a caminar. La arena que se le había metido a las medias le raspaba, pero caminó erguida como una militar. Al llegar al quiosco, no sabía si las lágrimas que se derramaban de sus ojos venían por el dolor que sentía en los pies, o por la tristeza que sentía por la situación tan denigrante que enfrentaba el Presidente cubano.

Tomó el lugar que le había sido asignado, evidente sólo por el cuaderno y los lápices colocados sobre la pequeña mesa con una silla de secretaria y a menos de un metro de distancia detrás de la mesa redonda de los presidentes. Frente al cuaderno tenía una jarra de té helado, una copa de cristal, y un plato con rollos de jamón, rebanadas de queso fresco y unas galletas saladas. En otro plato había un rico surtido de galletas y dulces cubanos. La mesa de los primeros mandatarios tenía servido exactamente lo mismo, con excepción de la bebida. Aparte de una jarra de agua y otra de té helado, el hotel había dispuesto de varias botellas de cola, y una botella de Havana Club.

Carolina hizo nota mental de sólo comer una que otra galleta, y no el surtido de botanas saladas para evitar que le provocaran sed. El té helado era demasiado diurético como para tomarlo durante una reunión que podía durar varias horas sin la posibilidad de ir al baño. Siempre le había asombrado la gran capacidad de las vejigas presidenciales. ¿Es que de verdad jamás tenían que hacer pipí?

Ella permaneció de pie hasta que los dos presidentes se sentaron; luego, tomó su lugar y abrió el cuaderno discretamente para tomar nota.

Durante las siguientes dos horas, no alzó la mirada de su cuaderno. Después de servir una cuba libre al presidente Santos del Alba, Castro se sirvió otra, y tras un corto brindis en que cortésmente incluyó a Carolina, los mandatarios se dedicaron a hablar de los asuntos que Fidel habría tratado en la reunión cumbre.

Jamás se refirió al Presidente estadounidense por su nombre, sino como el Gigante del Norte, o el Capitalista, o en momentos de franca ira, con nombres aún más despectivos, no sin disculparse con Carolina por su lenguaje indecoroso. Pero su lenguaje no era indecoroso en ningún momento. Al contrario, Carolina siempre había considerado a Santos del Alba como el máximo orador mundial, pero el uso del lenguaje por Castro superaba los límites de intelecto y vocabulario de Carolina. Oírlo era como leer a los grandes escritores del Siglo de Oro Español, y su manera de hablar era carismática, enigmática.

Además, se dio cuenta de que dominaba perfectamente el inglés, porque aunque ella estuviera de perfil, él notaba cada vez que ella tenía que dejar de escribir para recordar algún término en inglés cuando se trataba de una cuestión técnica. Invariablemente, antes de que ella recordara el término preciso, Castro se volvía hacia ella para decírselo.

Si alguien le pidiera una descripción del líder cubano, Carolina decidió que esa fina, pero insólita atención, con una simple traductora extranjera, describiría mejor su personalidad que cualquiera otra cosa.

Al terminar la reunión, Carolina cerró el cuaderno y colocó el lápiz sobre la mesa. Estaba a punto de levantarse, cuando el mandatario cubano se volvió hacia ella. Permaneció en su silla.

—Y ahora, Carolina. Le voy a hacer una prueba.

—Como usted diga, señor presidente.

—Cuénteme del azúcar, usando sus apuntes si le es necesario.

Carolina no tuvo que revisar sus notas.

—Sí, señor. En el informe me limitaré a mencionar la exportación cubana de azúcar a México, como subvención suplementaria al consumo nacional mexicano, tiene como propósito que la producción mexicana de exportación, que asciende a 4.5 millones de toneladas anuales, se destine al mercado estadounidense.

Ella notó una expresión mezcla de agrado con preocupación en los rostros de los dos mandatarios, y se apresuró a agregar:

—Y en ningún momento se exporta de México algún producto cubano, sólo azúcar mexicana debidamente documentada con certificados de origen.

Los mandatarios intercambiaron miradas que indicaron que la comprensión de Carolina respecto a los asuntos discutidos era no sólo amplia, sino que perfecta, contenía todas las implicaciones políticas que pudieran tener dichas conversaciones.

Capítulo 5

Carolina estiró su cuerpo, bostezó plácidamente sin estar del todo despierta. Sus experiencias del día anterior le parecían un sueño. La imagen de Castro, rodeado de sus colaboradores en el muelle de Isla de la Juventud, despidiéndose de la delegación mexicana, mientras la banda militar tocaba *Las golondrinas*, la impactó tanto que se apoderó de sus sueños.

Echó una mirada a su reloj despertador y se alegró. Todavía era temprano.

Había terminado la transcripción de sus apuntes en un formato bastante legible justo antes de que *El Komet*a atracara en Cozumel. Destruyó la cinta de la máquina y, aunque estaba segura de que nadie podría descifrar su personalísima taquigrafía, también eliminó sus apuntes originales.

Al desembarcar, fue en busca del coronel Treviño y le entregó el documento al subir al vehículo que los llevaría al hotel.

El Coronel revisó rápidamente el documento. Carolina se imaginó qué puntos del documento leía el Coronel cada vez que fruncía el ceño o hacía ligeras muecas que mostraban sentimientos que no lograba descifrar. ¿Era temor? ¿Desagrado? No sabía, pero en ese momento estaba demasiado cansada para que le importaran.

Se moría de hambre y sueño, además de estar rabiosamente sedienta. Trabajó en el documento desde el momento de zarpar de Cuba hasta el momento de atracar en Cozumel, mientras sus compañeros de viaje cenaban y bebían. Ella no probó bocado, ni bebió nada, por temor a ensuciar o mojar los documentos.

Al llegar al hotel, notó, molesta, que todos los servicios estaban cerrados, salvo la cantina; donde sólo servían emparedados y botanas nada apetecibles. Decidió que tenía más sueño que hambre, y decidió subir a su habitación a buscar algo de tomar en el minibar antes de dormir.

La botella de Tehuacán estaba sobre la mesa de centro, casi sin tocar, y la bolsa de cacahuates que había abierto la noche anterior seguía llena. Si anoche había tenido hambre, ahora estaba brutalmente hambrienta.

Levantó el teléfono y marcó al servicio de cuartos. Ordenó un desayuno con yogurt, cereal, fruta y un huevo tibio. Completó su orden con tres cuernitos tostados con mantequilla y mermelada, y una jarra de café con tres tazas, por si sus compañeras de cuarto quisieran algo en lugar de bajar al restaurante.

Una vez hecha la llamada más importante del día, se levantó al baño. Decidió que le vendría de maravilla una ducha de agua caliente, pues entre las horas que pasó en el quiosco al final del muelle y las más de seis horas en el transbordador, se sentía como si tuviera una gruesa capa de sal en todo el cuerpo. Antes de acostarse, intentó cepillarse el cabello, pero fue imposible por lo tieso que estaba.

Mientras se bañaba, escuchó que llamaban a la puerta de la habitación. Estaba a punto de cubrirse con una toalla para abrirla, cuando, para su alivio, escuchó voces femeninas. Terminó su baño agradeciendo mentalmente a sus compañeras por abrirle al mesero.

Salió de la ducha y se secó con la toalla que luego ató a su cabellera como turbante. Tras ponerse una de las batas que el hotel proporcionaba a cada huésped, salió para desayunar.

Pero no había ni charola ni comida.

Sólo se escuchaban las voces de sus compañeras y unos sollozos.

Luego de tocar la puerta de sus compañeras, Carolina la abrió de par en par.

—¿Se puede?

—Claro que sí, Carolina. Te esperábamos. Pasa, por favor.

Era Susana.

Al entrar al cuarto, Carolina encontró a sus compañeras en piyama todavía en la cama, otra chica estaba sentada en una silla cerca de la ventana, lloraba. Tuvo que acercarse para darse cuenta de quién se trataba porque la luz del sol la cegó momentáneamente.

—¡Mónica! ¿Qué pasa, hija?

Era una de las chicas más jóvenes del grupo de edecanes, Mónica Valladares. Era hija de un general muy amigo del general Porfirio. Sólo tenía dieciocho años, y era como una hija para todas las mujeres mayores del Estado Mayor Presidencial.

Carolina se acercó a la joven y ella se levantó a tirarse entre sus brazos, sin dejar de sollozar. Mónica era bonita, de finas facciones resaltadas por su cabello largo y oscuro y sus enormes ojos azules, que en este momento estaban enrojecidos.

—Ya, hijita, ya. Cálmate un poco. Cuéntame qué te sucede.

Lorena estaba echando chispas.

—El pinche Santiago es lo que le pasa. Tú y Alex deberían

haberlo castrado cuando tuvieron la oportunidad de hacerlo. Carolina separó a la chica de su abrazo y la miró fijamente.

—¿El general Santiago? Dime exactamente lo que pasó.

La rabia en su voz asustó a Mónica.

—No te asustes, hija. Mi coraje no es contigo, sino con el desgraciado de Santiago, por razones que no tienen nada que ver contigo. Por favor, hijita, cuéntame qué pasa.

Mónica se sentó de nuevo, y tomó un pañuelo de la caja que estaba en la mesa. En ese momento tocaron a la puerta de la sala.

—Debe de ser el mesero con el café y panes —dijo Carolina, recorriendo el cuarto con la mirada. Sus compañeras estaban en camisón, Mónica traía una cara que espantaría a los fantasmas, así que ella era la única que podría contestar la puerta—. Mónica, ni te muevas. Ahoritita vengo.

Salió a la puerta, recibió el desayuno, aunque el aspecto de la joven edecán le había quitado el hambre.

—¿No tendrá otra taza por ahí? Resulta que me falta una —le dijo al mesero, mientras firmaba la nota, pensando que también debería ofrecerle un café a Mónica.

El mesero movió la cabeza afirmativamente, desapareció brevemente y regresó un momento después con otra taza.

—Gracias. Que pase buen día.

No esperó siquiera a que el mesero se retirara para regresar a la recámara con la bandeja de café y las tazas.

Colocó la bandeja sobre la mesa a la que Mónica estaba sentada y empezó a servir los cafés. Sabía que Lorena y Susana tomaban el café igual que ella, sin azúcar ni leche. Les sirvió primero, y las dos se sentaron en sus camas para tomarlo, muy agradecidas.

—¿Tomas azúcar o leche en el café, Mónica?

Había servido la otra taza, pero Mónica hizo un gesto con la mano rechazando la bebida.

—Si tomo cualquier cosa, vomito, he estado vomitando toda la noche.

Carolina puso la taza de café ante la silla en el lado opuesto de la mesa y se sentó.

—Ahora bien, cuéntame todo, no tengas pena. Todas somos mujeres.

Ella se imaginó lo peor y fijó la cara en una media sonrisa para tratar de no expresar ninguna emoción. Mónica se sonó la nariz de nuevo y respiró hondamente.

—Bueno, pues ahí te va. Es que si le digo a mi papá, me va a matar.

—Tu papá no te hará nada, cuéntame.

—¿Te acuerdas del brasileño tan guapo que conocí en Venezuela?

—Sí, me acuerdo. Me tenías bastante preocupada. Llegué a pensar que te ibas a fugar con él.

—¡Cómo crees! No haría eso, pero eso sí que me gusta mucho. En fin, ayer llegó la delegación brasileña, y Carlos vino con ellos.

—Supongo que debería brincar de gusto, pero no veo qué tiene que ver con el general Santiago.

Mónica se movió nerviosamente en su silla, y continuó:

—Es que, en cuanto se registró en su hotel, me vino a buscar al vestíbulo, donde habíamos montado las mesas de recepción para los equipos de trabajo de las delegaciones. Como te imaginarás, me dio muchísimo gusto verlo y pedí permiso para ir a comer con él. Susana me dijo que sí, y fuimos a la palapa de la playa a comer.

Carolina estaba a punto de interrumpir, cuando vio que Susana le hacía un gesto de silencio.

—Y luego, después de comer, fuimos a caminar en la playa. Cuando llegamos a una playita bien privada, nos sentamos en la arena, y pues ya sabes...

—¡Mónica! No me digas que...

—No, claro que no. No hicimos nada malo, y estuvimos vestidos y todo, pero de repente apareció el general Santiago, me dijo que Susana me había asignado para hacer la avanzada con él en una playa cerca del Cozumeleño, donde iban a hacer un cóctel de bienvenida para los equipos de trabajo de las delegaciones extranjeras.

Carolina arqueó una ceja en dirección de Susana, ella negó con la cabeza. Además, Carolina había recibido toda la agenda de eventos el día anterior, y no recordaba haber visto ningún cóctel de bienvenida en una playa cerca del Cozumeleño. Todos los eventos de la cumbre serían en el Presidente. Lo que decía Mónica no tenía sentido, pero Carolina siguió escuchando sin interrumpir.

—Le dije que sí, por supuesto, y lo presenté con Carlos. Carlos me dijo que me llamaría a mi habitación por la noche y se retiró. Entonces Santiago me acompañó al coche, y me subí. Él se subió a manejar, y luego luego me puso la mano sobre la rodilla.

—¿Santiago estaba manejando? ¿Dónde estaba el chofer? ¿O su ayudante?

Mónica se encogió de hombros.

—También se me hizo raro, pero ¿quién soy yo para hacer preguntas?

—Para empezar, eres la persona quien tiene el disgusto de tener la mano del viejo asqueroso sobre su rodilla.

—Sí, sí, lo sé, pero pensé que me estaba tocando así como de modo paternal, pues conoce a mi papá, por el amor de Dios...

—Y me da la impresión que lo va a conocer mucho mejor —dijo Susana.

Carolina calló a sus compañeras con una mirada, y animó a la chica a seguir con su relato.

—No hagas caso a los chistes enfermizos de nuestras compañeritas —le dijo, forzando una risa—, sígueme contando.

Mónica ya estaba más tranquila, y empezaba a enojarse en lugar de llorar, una excelente seña para Carolina de que lo que hubiera hecho Santiago no le causaría ningún daño permanente a la chica.

—Bueno, pues por eso no dije nada, pero eso sí que me moví más cerca de la portezuela del coche para quitarme su mano de encima. Como que agarró la onda y puso las dos manos sobre el volante. Pero luego llegamos a una playa, de esas al otro lado de la zona hotelera que tienen la pura selva tropical entre los caminos y la costa. Se me hizo raro el lugar para hacer un cóctel de bienvenida y se lo dije.

—¿Y qué dijo?

—Me dijo que estaba de acuerdo conmigo, pero que era un lugar que le habían recomendado mucho y, por cortesía, tenía que verlo para por lo menos rechazarlo a sabiendas de cómo era el sitio.

—Ay, ¡Dios! ¿Hasta dónde va a llegar este tipo? —exclamó Carolina.

—En fin, lo acompañé a la playa, y se me fue encima.

—¡Qué!, ¿qué? Ay, Mónica... ¡qué horror! —Susana ya estaba parada, paseando por el cuarto—. ¿Te violó?

—Casi. Me rompió la blusa. Cuando traté de correr, me agarró del brazo, aquí.

Les enseño un moretón del tamaño de una pera, morado tirando a negro.

—Luego me empujó a la arena y se me tiró encima, ya se había desabrochado y bajado el pantalón. Yo llevaba la falda azul que todas estamos usando, y él ya me la tenía alzada y estaba tratando de violarme. Pero eso no es lo peor, Carolina. Creo que lo maté.

Susana gritó, y Lorena se levantó de la cama de un brinco. Carolina mantuvo la calma.

—¿Cómo está eso Mónica? Te aseguro que si lo mataste, no fue más que un acto bondadoso de tu parte para exterminar a un bicho que no merecía respirar.

—Yo gritaba con todas mis fuerzas, pero el desgraciado nada más se empujaba contra mí. Me decía que si de todos modos me iba a entregar al pinche niño brasileño, que mejor me entregara a un verdadero hombre que sabía cómo satisfacer a una mujer. Me dio asco al grado de que se me subió la hamburguesa y empecé a ahogarme con mi propio vómito. Él se separó un poco; nada más para que yo pudiera volver la cabeza de lado, y en una fracción de segundo vi un coco y lo agarré. Le di con todas mis fuerzas en la cabeza y cayó inconsciente. Traté de encontrarle el pulso, pero no pude.

—Y, ¿luego? ¿Llamaste a alguien?

—No. Me acordé que él había dejado las llaves del coche pegadas y corrí lo más rápido que pude. Me subí al auto y me regresé al hotel.

—¿En cuál estás hospedada? —preguntó Carolina.

—En el Cozumeleño, con Ivana.

—¿A quién le has contado todo esto? ¿Alguien más sabe qué te pasó?

—No, Carolina. Ivana salió con su novio anoche. Anda con un muchacho de la Sección Cuarta, que también está hospedado en el Cozumeleño. Supongo que pasó la noche con él, porque no llegó a dormir.

Carolina abrazó a la chica.

—Así que pasaste toda la noche a lágrima tendida sin saber qué hacer, ¿y apenas ahora vienes a decirnos? ¿No sabes que para una cosa así puedes llamarnos a la hora que sea?

Sobre el hombro de la chica, Carolina miró intensamente a Susana, y luego desvió la mirada hacia el teléfono. Susana entendió perfectamente, y levantó el auricular.

—Sí, Señorita. Páseme a la habitación del general Santiago, por favor.

Después de un rato, colgó. Se quedó pensativa un momento, y luego marcó al Centro de Mando.

—Bueno, ¿quién habla? Ah, teniente. Soy Susana Aragón. ¿No anda por ahí el general Santiago? —hubo una larga pausa— ¡No me diga! ¿Está mal herido? Ah, que bien, pero qué lástima a la vez. ¿Y agarraron a los ladrones? Ah, bueno pues con las pandillas, así pasa, ¿verdad? Bueno, pues si hablan con él, por favor díganle que estamos pensando en él. Gracias, teniente.

Colgó el teléfono, y se botó de la risa. Todas se volvieron hacia ella. Entre carcajadas, explicó:

—No te preocupes, Moni, no lo mataste. Lo que sí, es que le dejaste un chipote de aquellos, y una jaqueca por la que te va recordar durante un buen rato. Por muy merecida que tenía la muerte, no lo mataste. Esa es la buena noticia. La mala es que ya lo mandaron a México, a reposo absoluto durante unos días y no va a volver.

—¿Esa es la mala? Yo diría que esa es la buena noticia. Por lo menos, no tenemos que lidiar con él, y podemos decidir cómo manejar la situación —Lorena estaba aliviada, pensando que así quedarían las cosas.

Carolina no estaba de acuerdo.

—¿Y vamos a dejarlo en la absoluta impunidad? ¿Están completamente locas? ¡No! Después de lo que me hizo en Washington, y ahora esto... por mi parte, no descansaré hasta refundirlo en la prisión militar. Y con un poco de suerte, le tocará un compañerito de celda gay, ¡para que aprenda el cabrón lo que es una violación de verdad!

Mónica se rió a pesar de sí misma.

—Ay, Carolina... no te mides. Pero estoy de acuerdo contigo. Tenemos que decidir cuándo y cómo reportarlo, y a quién, ¿no?

Carolina siguió pensativa, pero Susana no.

—Miren —musitó—, creo que no es el momento de hacer algo. Sin embargo, deberíamos levantar un acta oficial, con la constancia del servicio médico para dar fe de los golpes que tiene Mónica, y que la examinen para constatar cualquier moretón en sus piernas o genitales, también.

—Sí, tengo moretones, pero no me penetró, así que no es violación, ¿verdad?

—Dentro de la justicia militar —respondió Carolina—, da lo mismo el intento que el logro, todo delito intencional es punible en todos los grados de ejecución: tanto el delito conato como el delito frustrado o consumado. Sigue siendo una conducta contra la moral, abuso de autoridad. Dado que lo hizo estando en servicio, pueden degradarlo, mandarlo a la prisión militar, retirarle su comisión para que pierda toda su antigüedad, prestaciones y pensión de retiro; independientemente de que después de pasar por la justicia militar, también pueden denunciarlo en el fuero común.

—Me parece apenas suficiente.

Carolina se quedó pensativa, y luego se dirigió a Susana.

—Susana, ¿por qué no llamas al Centro de Mando para ver qué doctor mandaron? Creo que por ahí tenemos que empezar, hagamos lo demás como lo hagamos.

—No sabes la pena que me da —dijo Mónica—. Es que nunca me han... pues ya saben.

Las tres mujeres se volvieron hacia la más joven.

—Nunca te han... ¿qué? —Lorena estaba a punto de reírse, pero se contuvo.

Carolina comprendió de inmediato.

—Nunca te han practicado un examen pélvico, ¿verdad, Moni?

—No. Es que soy, pues ya saben...

—Eres virgen —ofreció Carolina—. Y por lo mismo, no ha habido necesidad de tales cosas.

Se sentó en la silla, cada vez más furiosa.

—Y ese cabrón desgraciado quiso abusar de ti. Como que la justicia militar no me parece suficiente castigo para el desgraciado —miró fijamente a los ojos de Mónica, y le preguntó—: ¿Estás dispuesta a someterte a un examen de este tipo?

Mónica titubeó, pero por fin contestó con firmeza.

—No. La verdad es que me siento afortunada porque no

logró hacerme daño, y porque sigo siendo igual que antes. Más lista y menos inocentota, pero eso no es del todo malo. Por lo menos ya sabré que no hay que confiar en nadie, ¿verdad? Pero eso sí, no estoy muy conforme con la idea de que no se le castigue.

Ahora fue Lorena quien se levantó.

—Con una sola llamada, puedo asegurarte de que queda bastante castigadito, amiga, y sabrá exactamente por qué, si así lo deseas.

La chica titubeó de nuevo.

—Como que hay que pensarlo, pero gracias por el ofrecimiento.

Mónica estaba muy consciente de cuál sería la persona a quién llamaría Lorena, pues sus amoríos con el Jefe de la Policía capitalina era el secreto más difundido del Estado Mayor Presidencial. Era conocido como el verdugo de la justicia personal, y Mónica no estaba segura de querer cargar con ese tipo de castigo en la consciencia. Creía firmemente en el karma y tenía miedo de afectar el suyo con una maldad hacia otro ser humano, a pesar de que ese ser no fuera digno ser considerado como un ser humano.

—Bueno, pues nomás me dices, ¿eh? Y eso va con copia a todas. Carolina, tú también, porque lo que te hizo también fue una chingadera.

—Sí, pero Alejandro ya le dio su merecido. Lo que me extraña es que todavía le quedaran ganas de intentar un ataque a los tres días de pasar la vergüenza más grande de su vida. Es lo que más me preocupa. Si queda impune de este delito, ¿quién dice que no lo volverá a hacer?

Mónica estaba visiblemente pasmada.

—¿De qué hablan? ¿Acaso te hizo lo mismo?

—No, conmigo fue diferente. Simplemente fue por mi llave en el hotel, y me dijo abiertamente que al rato me caía. Lo dijo como si yo lo hubiera invitado.

—¿Y luego?

—Pues a la hora de meterse a mi habitación con champaña y toda la cosa, se topó con Alejandro Dávila, quien lo estaba esperando en mi cama.

—Ándale con el enano cachondo. Y, ¿luego qué hizo?

Carolina gozó también de una buena carcajada.

—Pues se puso quieto, tartamudeó tres veces, y corrió a la puerta. ¿Qué iba a hacer? Es más.. en el avión durante el vuelo a México, jamás alzó la vista de la revista que fingía leer. Estaba muerto de vergüenza. Pero en vista de que esto pasó hace apenas tres días, más me preocupa el tipo. Es que para volver a intentar una fregadera tan pronto, tiene que estar muy, pero mucho muy enfermo.

—En eso estoy completamente de acuerdo contigo —dijo Susana—, y de alguna manera, creo que estamos obligadas a pararlo en seco.

Lorena echó una risita.

—No te preocupes, que no nos necesita para pararlo. Eso es precisamente su problema: se le para demasiado seguido. Ustedes dirán si hago la llamada, ¿eh?

Las tres mujeres intercambiaron miradas, y las tres asintieron con la cabeza. Carolina fue quien habló por ella misma y por Mónica, las dos ofendidas.

—Y, qué tal si hablas a Arnulfo de parte de Las Chicas de Palacio, le explicas que este desgraciado ha tratado de propasarse con dos de nosotras, y que por favor le mande un mensajito de nuestra parte, que más le vale que vaya comiendo sal de nitro para calmar sus instintos si es que quiere seguir contando con todas sus partes íntimas.

Lorena echó la cabeza hacia atrás y se rió a carcajadas.

—¡Las Chicas de Palacio! Me encanta el nombre. Es algo así como un club, ¿no creen? Y por supuesto que podemos castigar así al desgraciado de Santiago. Se llama *calentadita* en los términos de los Dipos, y puede ser la única manera, aparte de entregarlo a la justicia militar, de darle una enfriadita. ¿Cómo la ven?

—Por el momento, me parece bastante justo y necesario —dijo Carolina, e involuntariamente se le dibujó una sonrisa en los labios.

—A mí también me parece necesario —dijo Mónica.

Susana estaba callada, así que las otras tres se volvieron hacia ella.

—Y tú, ¿qué? —dijo Lorena—. Te parece una injusticia, madame abogada, que mandemos a hacer justicia, ¿al estilo digno de Las Chicas de Palacio?

Susana se rió a pesar de sus dudas. Ella siempre prefería el camino legal para solucionar cualquier problema y la idea de mandar a golpear al general Santiago, simplemente no era el que ella habría elegido. Sin embargo, tenía que admitir que, dadas las circunstancias, quizá fuera el único camino que podrían tomar para impedir que el militar siguiera cometiendo atrocidades. Se estremeció al pensar en lo que pudo haber pasado de no haber sido por un coco, y se levantó junto a sus compañeras.

—También estoy de acuerdo. ¿Cómo no lo iba a estar? También soy una Chica de Palacio, ¿no? Pero eso sí, Lorena.

No debes de hacer la llamada desde aquí porque todos los teléfonos están intervenidos. Como que podemos esperar hasta llegar a México para que le pidas el favorcito a tu galán, ¿no lo crees?

—De acuerdo —accedió Lorena con un tono conciliatorio—. Pero tan pronto lleguemos a México, le voy a llamar, ¿eh?

Fue hasta ese momento cuando Carolina se acordó de los cuernos tostados con mermelada, el yogurt y la fruta que había pedido horas antes.

—Oigan, van a dar las ocho y no hemos desayunado. Pedí unos cuernitos y varias otras cosas, aunque me imagino que todo ya está frío. ¿Qué tal si nos arreglamos rápidamente para bajar a desayunar? Ya van a llegar todos los jefes de Estado, y probablemente no tengamos otra oportunidad de sentarnos a comer juntas hasta la fiesta del despegue.

Media hora más tarde, las cuatro mujeres desayunaban juntas en el restaurante del hotel, platicaban de mil cosas sin mencionar lo sucedido, sólo se reían como locas después de que algún compañero les contara lo que le había sucedido al general Santiago. Escuchaban con toda atención el relato de los pandilleros que habían asaltado al General, haciendo los comentarios apropiados, y ya cuando se alejaba el compañero, se morían de la risa.

El último relato había sido el mejor, porque el oficial mencionó que habían encontrado a Santiago con el pantalón medio quitado, y corría el rumor de que había sido violado. Esa versión de los hechos era la que más le había gustado a Mónica.

Con lo que le había pasado al General, a Carolina se le había olvidado preguntarle a Lorena de la misión de Taña Monteblanco y, al recordarlo, titubeó antes de hacer la pregunta delante de Mónica. Pero pensándolo bien, ¿qué más daba? Mónica ya compartía un secreto mucho más importante con ellas, y su discreción era obvia.

—Oye, Lorena, ¿ya cumpliste con la misión que te encomendé?

Lorena se rió.

—Pero por supuesto, mi teniente. No faltaba más. Y creo que tienes razón, porque se ve que la mujer viene dispuesta a convertirse en la mismita Mata Hari.

Carolina se acomodó en su silla, y descansó la cabeza sobre el respaldo.

Esa noticia, además de lo que presenció el día anterior, fortalecía su hipótesis: desde ese momento tendría que prestar mucha atención a lo que sucediera durante la cumbre. Se daba de topes por no haberlo hecho durante todos los años de su carrera en el Estado Mayor.

Pero, ¿no lo había hecho? Pensándolo bien, era obvio que había visto todo en las pasadas cumbres, en los viajes al extranjero y las visitas de los mandatarios extranjeros. En algún momento, tuvo que haber visto muchas cosas que en ese instante no tenían sentido, pero que —a la larga— la llevaron a la conclusión de que el Jefe del Estado Mayor estaba manipulando la política a su santo antojo, usando todos los medios a su alcance para lograr sus propósitos.

Simplemente tenía que recordar cada detalle de cada reunión, quiénes habían estado presentes, qué habían hecho, con quiénes, y cuáles habían sido los resultados. Las motivaciones y las metas aún estaban por descubrirse, pero Carolina estaba segura de que todo lo que tenía que saber estaba a su alcance si ponía en orden las cosas y las veía desde un nuevo punto de vista.

Pero ahora no tenía tiempo para pensar en nada que no tuviera que ver con la reunión. En escasas seis horas, se llevaría a cabo el cóctel de bienvenida. Después, tendrían lugar las conversaciones privadas entre Santos del Alba y el presidente de Estados Unidos.

Treviño sólo le había dicho que estuviera preparada para asistir a la junta en cualquier momento, pero aún le faltaban muchas cosas por hacer: tenía que revisar el equipo de sonido en las cabinas de traducción y en el recinto de la cumbre, así como checar el proceso de recepción que llevaban a cabo las edecanes del Estado Mayor Presidencial y la Secretaría de Relaciones Exteriores.

Los dos equipos solían no llevarse muy bien, una situación que no era sorprendente dada la edad promedio de las jóvenes que los integraban. Les faltaba experiencia para tener la suficiente confianza en sí mismas, sin sentirse amenazadas por las chicas del otro grupo.

Finalmente, Carolina se levantó para subir a ponerse el uniforme. Ya era hora de trabajar.

Las Chicas de Palacio

Capítulo 6

Rumbo a la terraza donde se realizaría el cóctel de bienvenida a los mandatarios de los veintidós países participantes en la Cumbre, Carolina y Susana se detuvieron por un instante en la escalinata que descendía al salón: ambas mostraban una sencilla elegancia. Susana portaba una larga falda de seda azul tenue con una túnica con distintos tonos del mismo color y Carolina vestía un vestido negro largo, recatado pero suficientemente escotado para usarse de noche.

Al recorrer el salón con la mirada, las dos se sonrieron. No podían dejar de asombrarse por la presencia de tantos mandatarios en un solo lugar. Ellos, simplemente conversaban y probaban las bebidas y botanas que les ofrecía su anfitrión.

Cada mujer tenía su misión: Susana, como directora de edecanes, se pondría a las órdenes de los jefes de Estado para que su estancia en México fuera lo más agradable posible; Carolina, como directora de protocolo y comunicación social, también se pondría a las órdenes de los mandatarios para apoyarlos en la traducción y la coordinación de sus reuniones privadas.

Carolina tenía, además, otra misión a cumplir: el general Porfirio le había encomendado que no sólo debería conocer al Presidente estadounidense, sino también preparar el camino para que éste se sintiera cómodo durante la conversación privada que sostendría con el presidente Santos del Alba, la cual se llevaría a cabo después de la cena de gala.

Carolina tenía un plan, y para ello necesitaba la ayuda del general Todd Heinrich, a quien había conocido durante la Reunión de Cancilleres que se celebró algunos meses antes.

Al llegar al pie de la escalinata, las dos mujeres se separaron para hacer lo que habían venido a hacer.

Susana conversaba alegremente con el príncipe Fahd Al-Faisal cuando Carolina encontró al general Heinrich. Estaba solo, tomando una margarita, y ella aprovechó el momento para acercársele.

—Señor Secretario —lo saludó en inglés—, me da mucho gusto volver a verlo.

El Secretario de Estado estadounidense se volvió hacia ella y le sonrió ampliamente.

—Señorita... uh —era obvio que la reconocía, pero no se acordaba de su nombre—.

—Carolina Suárez, general Heinrich.

—Sí, por supuesto —le respondió a la vez que le ofrecía la mano—. Me acuerdo perfectamente de usted por otras reuniones, pero soy terrible para recordar los nombres.

—No hay cuidado, señor.

Carolina estrechó la mano del General y él la atrajo hacia sí para saludarla con un beso al aire en las dos mejillas, mismo que Carolina le devolvió.

Después de platicar de las tonterías de que suele hablar la gente en cocteles oficiales, Carolina decidió atreverse a pedirle el favor de presentarla con el presidente Troyer.

—Es que después de la cena —le dijo con un aire de confidencia que sabía que le ganaría la confianza del militar retirado—, voy a traducir las conversaciones privadas entre su

Presidente y el mío, y me ayudaría mucho poder escuchar su modo de expresión para no entrar en frío.

—Pensé que habría traducido muchas veces entre ellos dos —dijo el Canciller.

—No, ésta es la primera visita oficial de su Presidente a México. Las veces que hemos estado en su país, ha traducido la señora Luz de la Casa Blanca. Es cuestión de protocolo, nada más. Pero ahora me toca a mí.

—No faltaba más —respondió el General, y tomó a Carolina del brazo para llevarla con el mandatario estadounidense.

El presidente Troyer era imponente, pero se mostró sumamente amable cuando el General le presentó a Carolina.

—Me da muchísimo gusto conocerla, señorita Suárez. ¿Así que usted será nuestra traductora esta noche? Me agrada mucho, porque veo que habla perfectamente inglés. ¿Dónde lo aprendió?

—De mi madre, señor presidente. Era estadounidense y, además de hablarlo en casa, me mandó a estudiar al extranjero.

—Ah, con razón. Qué gusto, ¡en verdad!

Carolina decidió llevar a cabo el plan que, con la ayuda de su madre, había ingeniado unos meses antes. Despejó su garganta, titubeó un momento, y luego habló:

—Señor presidente —le dijo de un modo apenado—, hay algo que siempre he querido preguntarle. ¿Puedo?

El Presidente la miró enternecidamente y, de manera paternal, la invitó a seguir:

—Por supuesto.

—¿Qué fue de la tortuga de su madre?

El presidente Troyer la vio, incrédulo, luego echó la cabeza hacia atrás y se rió a carcajadas.

—¡Válgame Dios! ¿Cómo demonios sabe de lo de la tortuga de mi mamá?

Carolina le regaló su sonrisa más inocente, y le guiñó el ojo.

—Es un secreto de Estado, señor presidente.

En ese momento se acercó la Primera Ministro de Inglaterra. Después de un cálido saludo, Carolina se disculpó y se retiró para saludar a los mandatarios que había conocido en otras reuniones. Le salían las lágrimas de la risa contenida.

El general Heinrich la alcanzó.

—Ahora bien, mujer del demonio. Me has tendido una trampa.

Sus palabras le cayeron a Carolina como un cubetazo de agua helada.

—Ay, señor Secretario. Ruego que me dis...

Pero el General se rió y ella ya no tuvo que disculparse.

—Hace mucho que no lo veo gozar una carcajada de esa manera, Carolina. Gracias por eso. Pero me tienes que contar de la tortuga de su mamá. Jamás me ha contado nada de eso.

Carolina le regaló la misma sonrisa inocente.

—Es que si le dijera lo que sé, tendría que matarlo —le dijo con una risa de buena gana—, pero me da mucho gusta que le haya agradado la bromita.

En ese momento el Presidente lo llamó, y Carolina se retiró para revisar unos detalles en la cocina del hotel.

Lo de la tortuga de la mamá de Troyer fue algo que le había contado su mamá. Divorciada, pero antes de casarse con el padre de Carolina, fue vecina de la madre de Troyer en Hollywood. La media hermana mayor de Carolina y la hijita de Troyer habían jugado cuando su madre la cuidaba.

Según la historia, la señora Troyer ya estaba un poco pasada de años, y un poco senil, así que se preocupaba terriblemente por cosas que no tenían la menor importancia: tenía una tortuga gigantesca como mascota. Pero la pobre mujer se ponía histérica cada vez que la tortuga metía la cabeza en su concha e iba corriendo con la mamá de Carolina para pedir ayuda, porque algo le había pasado a su tortuga.

Muchas veces sacó a su hijo de juntas importantes para que acudiera a su lado por semejante tragedia, pero el futuro Presidente siempre la trató con cariño y respeto, inexorablemente le explicaba que la tortuga volvería a salir después de su siesta. Siempre había agradecido las atenciones de la madre de Carolina, pues, de no ser por ella, habría tenido que hacer demasiadas visitas de emergencia.

Al entrar a la cocina, Carolina fue recibida por el chef.

—Buenas noches, señora. ¿En qué puedo servirle?

—Buenas noches. Sólo quería saber si alguien ya ordenó el arroz para el Príncipe Heredero de Arabia Saudita. ¿Ya lo tienen listo?

El Chef abrió los ojos al máximo, y Carolina confirmó lo que temía.

—No se preocupe, todavía faltan diez minutos para servir la cena. Pero que sea arroz con verduras verdes, nada de zanahoria ni ajo y, tiene que ser absolutamente vegetariano, sin caldo de pollo.

—Sí, señora. Lo prepararé personalmente.

Carolina recorrió discretamente toda la cocina, sin molestar a nadie: sólo se detuvo unas cuantas veces para felicitarlos por la elegante presentación de platillos, o para probar lo que alguno de los chefs le ofrecía. Le gustara o no, los felicitaba sinceramente.

Ya era demasiado tarde para cambiar nada, aparte de asegurarse de que el Príncipe Heredero comiera el arroz que acostumbraba.

Carolina tomó una nota mental: tenía que mencionar el error del arroz a Abdul-El-Cachondo, pues esa era precisamente su responsabilidad. Le agradó la idea de regañarlo.

Una vez satisfecha con los resultados de su visita, Carolina se encaminó al comedor para revisar que las sillas de los mandatarios estuvieran en el orden que había asignado. De no haber sido por el viaje a Cuba, habría supervisado estos detalles personalmente, pero no había sido posible. Le había encargado estas tareas a su segundo de abordo, quien era un estuche de monerías.

Recorrió el comedor, y —salvo las flores amarillas de la mesa donde estaría sentada la primera dama de México— encontró todo en orden. No cabía duda, Gerardo era un genio.

Doña Gloria Romero de Santos del Alba había llegado de sorpresa a la reunión esa tarde, y había puesto de cabeza al Estado Mayor Presidencial. Era la única primera dama presente, lo cual provocaba problemas de protocolo para Carolina. En cuanto supo de su llegada, fue a saludarla, y se alegró al enterarse que sólo asistiría a la cena y regresaría a la Ciudad de México esa misma noche. Dio parte al Centro de Mando para cancelar el envío de un piano de cola a la suite del Presidente, un lujo que exigía la señora si pasaba una sola noche en cualquier lado.

Una vez, al hacer una escala técnica en Nueva York, Carolina no pidió el piano en las torres del Waldorf Astoria de Manhattan. Casi le costó su empleo. A pesar de una tormenta de nieve que caía sobre la ciudad, tuvieron que volar un piano hasta el penthouse para satisfacer el capricho de la primera dama. El costo fue exorbitante.

Sin embargo, por corta que fuera la estancia de la primera dama, no había que desagradarla de ninguna manera: doña Gloria detestaba el color amarillo.

Carolina se dio cuenta de que las demás mesas tenían adornos florales con un poco de amarillo, y rogaba a Dios que la señora Gloria no hiciera un escándalo. Había hecho escándalos por mucho menos en el pasado, pero Carolina confiaba en que Gloria Romero no haría uno de sus acostumbrados numeritos: ante los ojos de veintidós jefes de Estado.

Vio a Gerardo Al otro extremo del salón. Ahí estaba su segundo de abordo y fiel asistente.

—¡Gerardo! ¡Excelente trabajo!

Gerardo notó que Carolina tenía uno de los arreglos florales en la mano, dejó lo que estaba haciendo y casi corrió a su lado.

—¿Te desagradan las flores?

—No, amigo, para nada. Al contrario, se ven preciosas. Lo que pasa es que llegó doña Gloria y pues ya sabes cómo es.

—Le choca el amarillo.

El muchacho tronó los dedos y un muchacho de tropa corrió a su encuentro. Gerardo entregó el arreglo al joven.

—Mira, Sargento, que hay que quitar lo amarillo. Si me

haces el favor de agregar algún clavel blanco o rojo o una rosa de otro color, pero nada amarillo, ¿de acuerdo?

—Sí, mi Subteniente, como ordene.

—Estaba a punto de ir a la cocina, si crees que todo quedó bien aquí —dijo Gerardo. El cansancio ya se le notaba en la voz.

—No te preocupes, ya fui. Todo está en orden, y como siempre, a Abdul-El-Cachondo se le olvidó ordenar el arroz.

—¡Madre Santa! ¿Ya lo ordenaste?

—Sí, el chef lo está preparando personalmente.

La cara de Gerardo Vaneek mostró su alivio.

En ese momento el sargento regresó con el nuevo arreglo floral y, tras agradecérselo, Gerardo lo colocó justo frente al servicio de la primera dama de la nación.

—¿Cómo la ves desde ahí? —le preguntó a Carolina.

—Está perfecto, ya que no tenemos nada que hacer durante un ratito, ¿qué tal si nos sentamos en el descanso? Ahí nos pueden avisar si nos necesitan para algo, ¿no crees?

Gerardo hizo como si se desplomara.

—Ay, sí, amiga. Estoy que me caigo del cansancio. ¿Pero no tienes que asistir a la cena? Estoy seguro de haber puesto una tarjetita con tu nombre justo al lado de Abdul-El-Cachondo en las mesas de los equipos de trabajo.

—Ay, ¡no! ¡que nada! Ay, Gerardo, se un amor y ve a quitar mi lugar. No quiero cenar ni quiero perder el tiempo sentada. Prefiero quedarme contigo, descansar un rato, porque tengo que traducir para la junta privada de Santos del Alba y Troyer más noche.

Cuando Gerardo estaba entrando al recinto para quitar la tarjeta y el servicio de Carolina, se detuvo, helado, en la puerta. Ya estaban desfilando las comitivas de los mandatarios a sus lugares. Giró sobre sus talones y corrió de nuevo con Carolina.

—Me vas a matar, pero llegué demasiado tarde. Ya están tomando sus lugares, dentro de cinco minutos llegarán los mandatarios. ¿Qué hago?

Carolina se rió al ver la cara de terror de su subordinado.

—Nada, no te preocupes. Iré a sentarme un ratito, hasta que hayan servido, por ejemplo, la entrada. Tomo uno que otro bocado de la entrada. Luego tú vas a llegar conmigo y me vas a decir algún secreto terriblemente importante al oído. Voy a poner cara de consternación y me voy a disculpar con mis compañeros de mesa *"para atender un asunto de suma importancia"*. ¿Qué te parece?

—Me parece que los dos estamos en el trabajo equivocado.

—Nada más fíjate muy bien que todas las entradas estén servidas, luego dame unos dos o tres minutos antes de rescatarme, pero mucho antes de que empiecen con los discursos, porque si tengo que escuchar un solo discurso, te juro que te degrado. ¿De acuerdo?

—De acuerdo.

—Eres un amor, Gerardo. Gracias.

Con lo único que no había contado Carolina era con Abdul-El-Cachondo.

Al entrar ella al salón, Abdul ya estaba parado frente a la mesa. Su expresión mostraba claramente el agrado de sentarse junto a Carolina. Recorría el salón con la mirada, buscándola. Sus miradas se encontraron y los dos se sonrieron.

Al acercarse, Carolina extendió los dos brazos y tomó las

dos manos de Abdul. Se saludaron con un beso ligero en las dos mejillas, y luego detuvo la silla de Carolina para que se sentara.

Cuando sirvieron el primer entremés, Carolina empezó a relajarse. Conversaba con todos los comensales y Abdul se comportó como caballero.

—Ah, Carolina, se me olvidó decirte que necesitamos coordinar la plática privada entre el Príncipe Heredero, Troyer y Santos del Alba —le dijo en voz baja justo cuando estaban sirviendo la sopa.

—¿Cuál? No tengo nada de documentación respecto a semejante reunión —le respondió a regañadientes, tratando de mantener la permasonrisa, como la llamaban sus subordinados cada vez que se sentía incómoda y tenía que sonreír.

—Ni tendrás —dijo Abdul sin cambiar su permasonrisa—. Pero si te estoy avisando puedes tenerlo por seguro que está debidamente programada entre las únicas personas involucradas: los tres jefes de Estado, yo y ahora, tú.

El tono de Abdul le molestaba a Carolina, y tuvo que hacer un esfuerzo para no contestarle feo. Tomó un poco de sopa e hizo una mueca casi imperceptible, pero Abdul la notó y se rió.

—Tampoco me gustó. ¿Qué es?

—Es algo que ordenó la primera dama esta misma tarde — contestó Carolina, y levantó la tarjeta del menú, reimpresa minutos antes para incluir el cambio. La tarjeta decía:

Cena de gala
Ceviche costeño
Crema de betabel con cacahuate

Carolina ya no leyó lo demás y se volvió hacia su acompañante.

—¿Crema de betabel con cacahuate? —dijo, tratando de no cambiar su expresión, especialmente porque varios invitados en la mesa parecían tomar el platillo con singular gusto.

Abdul sonrió cortésmente y bajó su cuchara.

—No en esta vida, por lo menos —dijo en un tono muy bajo y miró a Carolina con su acostumbrado brillo en los ojos. Era un tipo muy atractivo, aun con su túnica blanca y su velo de monja, como le decía Carolina al turbante—. En fin, ¿cuándo podemos reunirnos para platicar? La conversación privada tendrá lugar mañana inmediatamente después de la primera ronda de conversaciones. ¿Te puedo invitar a tomar un cordial después de la cena?

Carolina titubeó, porque no podía divulgar la existencia de la conversación privada que iba a traducir después de la cena. Se quedó pensativa un momento, finalmente le sonrió.

—Gracias, Abdul, pero tengo una junta de trabajo esta noche. ¿Pero qué tal si desayunamos mañana temprano? Te invito al restaurante si gustas, ¿cómo a las seis y media?

—Con gusto, pero no en el restaurante, porque es demasiado confidencial lo que tenemos que hablar. ¿Qué tal si vienes a mi suite?

Carolina meneó la cabeza.

—No, porque correrían los rumores a la velocidad de un ciclón. No sería un buen lugar.

—Entonces, ¿en tu suite?

—Menos. ¿No se supone que deberíamos ser muy discretos? —Carolina definitivamente había notado un brillo muy poco profesional en los ojos del árabe.

—Entonces, ¿qué te parece un desayuno en la playa entre este hotel y el mío? Así pasaremos desapercibidos y podemos platicar, sin la menor posibilidad de micrófonos ni cámaras.

—Me parece bien. Entonces, ¿a las seis y media?

—Mejor más temprano, antes de que los nadadores bajen a hacer sus ejercicios matutinos. ¿Te parece a las seis?

—De acuerdo. Es más, voy a bajar a nadar un rato a las cinco y media. Me iré nadando hasta que te vea.

Abdul se rió muy divertido ante la idea de su cita clandestina.

Gerardo se acercó en el momento que habían acordado y le susurró:

—Vengo a rescatarte del cachondo.

Carolina, sofocando la risa, se volvió a ver a su asistente con una expresión muy preocupada.

—Gracias, Gerardo. Voy enseguida.

Se puso de pie y se dirigió a todos sus compañeros de mesa:

—Señores, ruego me disculpen, pero me llama el deber. Si no vuelvo en breve, es que me han ocupado para el resto de la tarde. Espero que pasen una velada muy agradable.

Y, después de despedirse de cada uno de los invitados por nombre, se retiró.

Apenas amanecía cuando Carolina bajó a la playa. El aire fresco la hizo estremecerse al quitarse el caftán que le cubría el bikini. Habría preferido un traje de baño más recatado dada la fama de Abdul, pero ése era el único que llevaba.

Al probar la temperatura del agua con el dedo gordo del pie, se alegró al encontrarla tibia y, tras meter el gafete de seguridad dentro del sostén de su bikini, se lanzó de clavado.

Mientras flotaba recordó lo ocurrido en la junta privada entre los mandatarios de su país y el gigante del norte. Sonrió. Había sido muy interesante. Los dos puntos principales a tratar habían sido un rotundo éxito para Castro. No pudo evitar preguntarse acerca de cuántas batallas habría ganado el gobierno cubano con esa misma táctica. Era obvio que, al ser desinvitado a las cumbres cuando asistía el Presidente estadounidense, Castro llevaba la ventaja en las negociaciones por medio de su vocero extraoficial: el presidente mexicano. La diplomacia natural y la naturaleza humana de Santos del Alba siempre darían un resultado favorable. Jamás se le habría ocurrido a Carolina semejante táctica. En ese momento, sabía exactamente de qué se tratarían las pláticas privadas entre los tres mandatarios: petróleo y azúcar.

Empezó a nadar hacia la playa. Tuvo que alejarse más de la orilla para librar una barra de arena. De repente, al voltear la cabeza para tomar aire, se quedó tan pasmada que tragó agua. Se detuvo. Ahí, sobre la playa, estaba montada una enorme tienda blanca y negra, con tres costados cerrados; en su centro estaba una mesa, y en toda la parte trasera mesas largas con fruta, platillos calientes, productos lácteos y una gran cafetera. El olor a café la hizo salivar.

Justo en la entrada estaba Abdul-El-Cachondo, con traje de baño y la bata abierta. Carolina no pudo más que admitir que él era uno de los ejemplares más hermosos del género masculino. Pero se trataba de una junta de trabajo y nada más. Carolina tuvo que repetirse esa advertencia a sí misma varias veces para armarse con el suficiente valor para salirse del agua.

En cuanto vio a Carolina, Abdul tomó una toalla de una

mesa al lado de la entrada y avanzó hacia ella para cubrirla.

—Buenos días. Eres muy puntual — le dijo mientras la envolvía en la toalla.

—Buenos días —Carolina retrocedió un paso para secarse sola, y siguió a Abdul en la dirección de la tienda. Al llegar a la misma mesa de donde había tomado la toalla, Abdul tomó una bata blanca de tela suave y la ofreció.

Carolina la aceptó agradecida, pues se sentía desnuda ante la mirada de su contraparte árabe. Optó por la broma: su salida acostumbrada de situaciones incómodas. Al ponerse la bata, le raspó la cadena de su gafete, así que se lo quitó y lo colocó al lado de la toalla que había dejado en la mesa, haciendo un recordatorio mental de no olvidarlo antes de regresar al hotel. Ese gafete era único e irremplazable y nadie podía entrar al recinto sin uno.

—Me aterra tu discreción —le dijo con una risa—. Con semejante construcción en la playa, seguramente nadie se dará cuenta siquiera de nuestra presencia, ¿verdad?

Abdul le sonrió.

—Decidí pecar por descaro por una sencilla razón —le explicó, haciendo un ademán con la mano para que Carolina pasara a la mesa—. Resulta que cuando llegué al hotel, dos personas me comentaron acerca de una cita clandestina con la jefa de protocolo de la delegación mexicana.

—¿Cómo? —a la única persona que Carolina había mencionado el desayuno fue a su asistente, Gerardo, por necesidad del servicio y no por confianza—. Pero es que nadie, ni siquiera mis compañeras de suite, sabían de esta visita.

—Obviamente alguien en la mesa nos oyó durante la cena, pero no importa. Tomé la única decisión que me parecía razonable: un gesto de seducción a la señorita que todos piensan que estoy cortejando.

—Ah, pues ¡qué bonito! Ahora en lugar de *Mata Hari*, me van a decir *Brincacatres*.

Pero le ganó la risa y tuvo que concederle el punto. Reputaciones y famas aparte, la primera responsabilidad de los dos era de conservar la absoluta confidencialidad de la reunión de la tarde, por lo menos hasta que se llevara a cabo.

Carolina se levantó de la silla y sirvió dos tazas de café árabe. Las llevó a la mesa, pero Abdul se había levantado a servir fruta y yogurt. Ella se sentó, y probó el café.

—El café está riquísimo. Mucho mejor que el café turco; no es tan amargo.

—Es colombiano —le dijo Abdul—, pero tostado y molido en Arabia Saudita. Y el azúcar es mexicano, así que gracias por el cumplido, pero son dos productos que no tenemos en Arabia Saudita.

—Pues sí, supongo que no hay grandes cultivos de café en Arabia, pero de todos modos, su tostado y molido es excelente.

—Pues la verdad es que no se cultiva casi nada en Arabia Saudita, con la excepción del petróleo, si puedes considerar a la industria como cultivo.

—Hmmm —musitó Carolina—, y el petróleo no es precisamente comestible... pero que genera divisas.

—Sí, divisas. Y con las divisas compramos lo que necesitamos en el mundo. Somos uno de los países más dependientes del mundo. Y de eso, precisamente, se trata la junta de esta tarde, al igual que la junta a que asististe en Cuba.

Carolina no cambió la expresión de la cara. ¿Cuánto sabría

este tipo del viaje a Cuba? Por mucho que tratara de aparentar ser su gran amigo, por mucho que aludiera a su deseo de una relación con ella, Carolina tenía la experiencia y tablas políticas. Era la persona menos indicada para caer en esa trampa. Sin embargo, si realmente sabía los detalles y propósitos del viaje a Cuba por consigna y aprobación del gobierno mexicano, entonces se vería bastante ridícula si lo negaba. Optó por una respuesta de las que solía dar a la prensa, en espera de no ofenderlo.

—Bueno, pero si es que hubo tal viaje, entenderás que yo no gozo de ninguna libertad de hablar del tema.

Abdul asintió con un movimiento de cabeza y comió un poco de fruta. Ella hizo lo mismo.

Abdul se percató de la incomodidad de su invitada y cambió el tema.

—Comprendo perfectamente. Pero la junta será por ahí de las cinco y media de la tarde, a bordo del *Cuauhtémoc*.

—Oye, creo que aquí deberíamos parar la plática —Carolina no había recibido órdenes respecto a ninguna embarcación, ni junta y la plática la estaba incomodando mucho—. No tengo órdenes al respecto y, por si lo has olvidado, soy militar.

Abdul se levantó de su silla y atravesó la tienda hasta llegar a una mesa, sobre la cual estaba un portafolio. Lo abrió y extrajo un sobre, que le entregó a Carolina.

Carolina abrió el sobre y encontró un papel membretado del ejército mexicano. Era una orden: ella recibiría instrucciones del Secretario de Protocolo árabe para coordinar una reunión esa misma tarde. El documento también contenía una advertencia que jamás había visto: "No discutirá el contenido de este documento con nadie además del nombrado en él y con el suscrito". Estaba firmado por el mismo comandante en Jefe de las Fuerzas Armadas Mexicanas, Juan Ignacio Santos del Alba.

Carolina tragó en seco y volvió la cara hacia Abdul, quien le sonreía amablemente.

—Carolina, nos conocemos desde hace varios años y creo que durante ese tiempo, aparte de tratar de seducirte varias veces, jamás te he engañado. ¿Por qué habría de hacerlo ahora que estamos en plena cita romántica?

Carolina se rió a pesar de sí misma.

—Discúlpame. La verdad es que me vi muy mal, pero tú también. Si me has dado mis órdenes desde un principio, no habría desconfiado por un minuto. Pero debes de entender que primero soy militar, y luego mujer.

Abdul se estremeció ante la idea de una mujer militar. Carolina notó su reacción.

—He ahí, mi querido amigo, la razón por la que jamás podríamos ser una pareja. Somos demasiado distintos en nuestra forma de ser, somos de dos culturas totalmente diferentes y, aunque la verdad es que nos atraemos mucho, jamás funcionaríamos. Así que te ofrezco que seamos los mejores de los amigos.

Ella extendió la mano y Abdul le dio un fuerte apretón.

—Acepto tu amistad, pero me alegra que admitas que te gusto, porque tú también me gustas mucho.

Carolina le dio una palmadita al retirar la mano de la suya y le sonrió.

—Eso será nuestro secreto. Y ahora bien, ¿qué tengo que hacer para prepararme para la junta de la tarde?

Una hora más tarde, al bañarse y arreglarse para el trabajo del primer día de las reuniones, Carolina se quedó horrorizada. ¡Había dejado el gafete de seguridad en la tienda de campaña de Abdul!

El pánico se apoderó de ella; pero, reaccionando con rapidez, corrió al teléfono. No podía confiar en sus compañeras de habitación, pero sí en Gerardo. Además, él jamás vería su desayuno más que como un breve idilio, y no importaba que se corriera el chisme. Para esta hora, ya medio mundo estaría enterado del gran idilio entre los jefes de protocolo.

Marcó a la habitación de Gerardo, que por fortuna aún no había salido.

—Gerardo, ven a mi habitación, por favor.

—Ahí voy.

Colgó y abrió la puerta para salir al pasillo. No podía arriesgarse a que sus compañeras la oyeran. Gerardo estaba en un cuarto cuádruple al otro extremo del pasillo. Carolina estaba impaciente.

Por fin vio a su joven ayudante corriendo en el pasillo, apenas haciéndose el nudo de la corbata. Llegó con el pelo mojado y la corbata chueca.

Carolina siguió sus instintos de madre, e inmediatamente se puso a enderezarle la corbata mientras hablaba en voz muy baja.

—Gerardo, necesito que vayas al Hotel Cozumeleño, muy discretamente, y que subas a la habitación de Abdul-El-Cachondo. Todavía debe estar en su habitación, pero si no, tendrás que buscarlo hasta dar con él. Resulta que dejé mi gafete en la playa cuando desayunamos y necesito que me lo traigas cuanto antes. ¿Entendido?

Gerardo estaba sofocando la risa y Carolina las ganas de pegarle.

—Sí, jefecita. Enseguida regreso.

Sin una palabra más, el muchacho giró sobre sus talones y corrió pasillo abajo. Carolina entró a su habitación y, al cerrar la puerta tras ella, escuchó una risa divertida que provenía del pasillo, a distancia. Dejó la puerta sin llave para que Gerardo pudiera pasar discretamente cuando volviera con su gafete.

La habitación permanecía en silencio. Apenas eran las siete de la mañana y la primera actividad del día empezaba a las nueve, así que sus compañeras seguramente no se levantarían hasta las ocho.

Agradecida por la paz del momento, regresó al baño para secarse el cabello, medio maquillarse y vestirse. Dejó la puerta abierta para poder oír a Gerardo. Al terminar de vestirse, sonó el teléfono y corrió a contestarlo antes de que los timbrazos despertaran a sus compañeras.

—¿Qué pasó? —contestó furiosa, porque Gerardo la llamara por un teléfono intervenido, temiendo a la vez que no hubiera podido encontrar a Abdul.

No era Gerardo. Era la voz inconfundible del general Porfirio.

—No sé, mi Teniente. ¿Qué pasó contigo? Te espero en mi suite en treinta segundos.

—Sí, mi General.

"¿Y ahora? ¿Qué carajos hago?" Carolina no podía pasear por los pasillos sin el dichoso gafete, y tenía que subir dos pisos a la suite del General. "Bueno," pensó, "¿si paso por las escaleras?" Pero, pensándolo bien, sabía que habría guardias en la puerta de cada planta. Tendría que tomar a una compañera medio en confianza.

Entró sigilosamente al cuarto de sus compañeras y despertó a Susana.

—Susana, perdón que te despierte, pero necesito tu ayuda.

Susana se estiró y se sentó en la orilla de la cama.

—¿Qué pasó, amiga? Estás pálida.

—Tengo que pedirte un favor, pero no puedo decirte por qué.

Susana se rió.

—Si tiene que ver con tu desayuno romántico con el Sheik, pues siento decirte que es el secreto más divulgado del Estado Mayor, querida.

—Algo así... pero Susana, me acaba de mandar a llamar el general Porfirio. ¿Me prestas tu gafete? Te prometo que vuelvo antes de que estés vestida.

Susana titubeó medio segundo y luego se rió a carcajadas.

—¿Conque lo dejaste en el otro hotel? Ay, amiga, no te mides.

—Susana... te dije que no te lo puedo explicar. Pero Gerardo estará de regreso en cualquier momento con mi gafete, hacemos cambalache en cuanto vuelva de ver al General.

Susana no dejaba de reírse, pero abrió el cajón de su mesita de noche y extrajo el codiciado gafete.

—Toma, amiga. Si no regresas antes del desayuno, búscame en el comedor. Me pondré tu gafete al revés y los cambiamos ahí.

Carolina tomó el gafete y se lo colocó al cuello, asegurándose de que cayera al revés.

—Gracias, amiga. Te debo una.

—¿Una? Yo diría que me debes un chingo.

Carolina le aventó un beso y salió corriendo al pasillo.

Capítulo 7

Al entrar a la suite del general Porfirio, Carolina encontró a su comandante con una taza de café en la mano, parado sobre la terraza, mirando hacia la playa. La preocupación le marcaba la cara.

—Buenos días, mi General —lo saludó formalmente.

El General se volvió hacia ella.

—Sírvete un café y salte, porque me tengo que comer un pollito contigo.

Carolina trató de servirse el café, pero le temblaban tanto las manos que se dio cuenta de que no iba a poder sostener una taza sin tirar el contenido. Optó por salir a la terraza sin el café que seguramente se le atragantaría.

El General vestía una sudadera, su aspecto delataba el ejercicio que acababa de hacer. Estaba inclinado sobre el barandal de la terraza.

—Siéntate, Carolina. ¿No quieres un café? También hay cuernos tostados y mermelada, si gustas.

—Gracias, mi General, pero ya desayuné.

El General sonrió maquiavélicamente.

—Sí, lo sé. Y muy bien, diría yo.

Carolina sintió un terrible calor que le subía desde los pies hasta la cabeza, y no supo qué decir.

—Sí, mi General.

El General siguió sin desviar la mirada de la playa.

—¿Ya viste quiénes están nadando? —preguntó a Carolina.

Ella se levantó de la silla, acercándose al General. Miró hacia la playa y vio al general Heinrich nadando con el presidente Troyer. A unos trescientos metros de la playa estaban dos buques de guerra mexicanos que formaban una especie de arco, tapando el canal de bajo calado cavado en el arrecife de coral para el paso de lanchas. Sabía por los cotidianos partes militares que los barcos sostenían una red contra tiburones traída por los estadounidenses. Mucho más allá de los arrecifes estaba el *Cuauhtémoc*.

—Supongo que están a salvo de los tiburones gracias a las redes que se tendieron en el canal del arrecife, ¿verdad?

El General sonrió, sin quitar la mirada de la playa.

—Sí, supongo que sí, pero no son los tiburones que me preocupan.

—¿No? Entonces, ¿qué?

—Barracuda.

Carolina se estremeció.

—¿A poco hay barracudas en la bahía?

—Muy a menudo, y bastante grandes.

—Y, ¿a poco no ayudan las redes para que no entren?

—No, son demasiado abiertas. Las barracudas pasan como por su casa.

—¿Y por qué no les dijo usted que pusieran redes más cerradas?

El General se rió.

—Porque no me preguntaron. Es más: no me consultaron. Ellos son expertos en la materia, ¿ves?

Carolina sofocó las ganas de soltar la carcajada.

—Ya veo, mi General —respondió Carolina. Seguía mirando hacia la playa, y notó que el mandatario estadounidense ya había salido del agua, seguido por su Secretario de Estado.

El General dio la vuelta y entró a la suite. Se sentó sobre el sofá, y dio una palmadita al cojín a su lado.

—Siéntate, Carolina.

Ella obedeció, esperando una regañada. Era obvio que el General estaba enterado de su desayuno, y seguramente pensaba también que andaba de gran romance con el árabe. No le agradaba nada tener que ocultarle lo que estaba haciendo, pero tenía órdenes muy precisas y no estaba dispuesta a desobedecerlas. Si eso significaba que tendría que soportar una regañada inmerecida, que así fuera.

—Carolina, para empezar, no dudes jamás de que todo lo que sucede en este país, quizás en el mundo entero, es de mi pleno conocimiento.

—Jamás lo he dudado, mi General. Pero debo decirte que...

—No debes decirme nada. Te lo impiden tus órdenes.

Ella giró tan rápido la cabeza para mirarlo que le dolió el cuello. Alzó la mano, para sobarse el cuello y su gafete se volteó. Discretamente volvió a voltearlo.

—Mira, Carolina, ¿o debo llamarte Susana? Hay cosas que simplemente no mencionamos en este negocio. Es mejor así.

—Sí, mi General.

Carolina no tenía la menor idea de qué estaba hablando, pero se sentía mucho más cómoda y ya no temblaba. Le urgía un café.

—¿Puedo servirme un café? Se me antoja mucho, después de todo.

Sin recibir respuesta, ella se levantó a servírselo. Volvió al sofá y se sentó de nuevo al lado del General.

—¡Qué rico!

—Sí. Es menos amargo que el café turco, y menos fuerte que el café árabe —le dijo el general Porfirio con una sonrisa maquiavélica—. Pero tómalo rápido para que estés en tu suite antes de que la pobre Susana cometa una violación del reglamento.

Tomó un sobre de la mesa de centro y lo entregó a Carolina.

Carolina sintió la forma de su gafete en el sobre o, para el caso, del *pollo* al que el General había aludido a su entrada a la suite.

—Mi General, no sé cómo pude haberlo dejado...

El General le echó una media sonrisa.

—Digamos, por el momento, que por pendeja y por caliente, según la cubierta.

—Sí, mi General —se levantó para retirarse, pero ya estaba temblando de nuevo al dirigirse a la puerta del pasillo.

—Y que no vuelva a suceder, Carolina. Espero que merezcas la confianza que te tenemos.

—Le aseguro que sí, mi General.

Cerrando la puerta tras ella, Carolina sintió un gran alivio, pero estaba más confundida.

¿Quién mandaba? O mejor, ¿quién era el títere de quién?

En ese momento, empezaba a pensar que todos eran títeres de alguna potencia. Las ramificaciones de un país tan poderoso que no sólo le inspiraba un respeto muy extraño, sino un terrible miedo.

En las cumbres sólo se permite la entrada al recinto a los

jefes de Estado; ni a los vicepresidentes ni a los secretarios de Estado se les da paso. A las comitivas del más alto nivel de seguridad sólo se les permitía entrar a la antesala del recinto. Los recintos están aislados para que no se perciba ningún ruido fuera. En ellos tampoco se permite la entrada a los elementos de seguridad ni a los Jefes de Estado Mayor.

El lugar otorga una privacidad sagrada en la que los jefes de Estado pueden sentirse con la absoluta libertad de expresarse. Por lo menos, esa es la imagen que se difunde. Y la imagen sería cierta, siempre y cuando no existiera la necesidad de intérpretes. Los intérpretes saben todos y cada uno de los asuntos que se discuten. Cada país anfitrión es responsable por cada intérprete y, después de examinar cuidadosamente el pasado de cada candidato, toda la información de seguridad es compartida con los demás participantes. Cualquier país puede rechazar un candidato sin divulgar la razón, así que los requerimientos de seguridad son muy estrictos y la revisión es minuciosa. En el caso de México, hasta los teléfonos privados de cada intérprete se intervienen para garantizar la seguridad de la reunión. En caso de detectarse cualquier detalle en su vida privada que pudiera convertirse en un riesgo de seguridad, el intérprete es eliminado de inmediato.

Los intérpretes suelen ser personas con una moral impecable, de una posición económica muy cómoda y, sobre todo, son personas con un sentido muy alto de lealtad a su patria. Su trabajo es muy bien remunerado, y se les paga desde que salen de sus casas hasta que regresan al final de la reunión.

Los tres idiomas oficiales de las reuniones cumbres son francés, inglés y español, pero en las cabinas de los intérpretes se cubren todas las lenguas nativos de los jefes de Estado;

sin embargo, todo lo que dice un jefe de Estado en su lengua nativa simultáneamente se traduce sólo al francés, al inglés y al español. Los jefes de Estado pueden elegir entre estos idiomas y escuchar el que más les acomode u optar por el idioma original.

Carolina hablaba cinco idiomas, aunque para efectos de traducción simultánea sólo estaba certificada en tres: francés, inglés y español. A través de los años, se había empeñado en contratar a los mejores traductores de México: con su equipo de diecisiete intérpretes podía cubrir las necesidades de traducción en veinticuatro idiomas.

Sus intérpretes eran ejemplares. Ella había sentido un gran orgullo al enviar los reportes de seguridad de su equipo a todos los jefes de protocolo, para su mayor agrado, pero sin sorprenderle, ninguno de ellos fue rechazado.

Sentada en un sofá en el rincón más aislado de la antesala, Carolina llevaba más de una hora con unos audífonos conectados a las cabinas de traducción. Escuchaba cuidadosamente uno, luego otro canal, tratando de detectar cualquier cambio de tema que pudiera requerir un traductor de un nivel más alto de seguridad, o descubrir la fatiga de alguno de sus intérpretes. La fatiga es el peor enemigo de los traductores: invariablemente provoca errores. Un error de traducción en una reunión cumbre puede cambiar el curso de la historia.

Se dio cuenta de que la mujer que traducía del francés al inglés acababa de cometer un pequeño error que normalmente sería indigno de ella. Sin titubear, tomó el radio:

—66 buho, ¿estás ahí? —usaba el código del Estado Mayor Presidencial para evitar un posible espionaje.

—Sí Jefa —era la voz de Gerardo.

—Mándame un refresco inglés, por favor.

—Sí, gaviota. Va en seguida. ¿Cómo lo quieres?

—Al frappé, nada más.

Apagó la radio y se levantó del sofá. Avanzó hacia la puerta de las cabinas, pasó su gafete por el lector digital y la puerta se abrió.

Se dirigió a la cabina tres y abrió silenciosamente la puerta. Tomó el audífono extra que estaba sobre el escritorio. Se lo colocó mientras se sentaba en el banco de la intérprete, quien la miró agradecida, sin dejar de traducir ni un momento.

Carolina escuchó durante unos momentos, con el dedo levantado en el aire. La chica siguió traduciendo sin perder una palabra. En cuanto hubo una pausa, Carolina bajó el dedo y continuó la traducción sin perder una sola palabra.

La intérprete se quitó silenciosamente su audífono y salió de la cabina sin hacer ruido. Gracias al ventanal, que del lado de los mandatarios era un espejo, Carolina miró la cara de cada uno de ellos. Nadie pareció notar el cambio.

En cuestión de segundos, el intérprete sustituto entró silenciosamente. Dado que era hombre y el cambio de voz sería muy aparente, Carolina siguió traduciendo hasta que terminó de hablar el Presidente francés. Mientras tanto, el nuevo intérprete se acomodó el audífono y tomó asiento a un lado de Carolina. Ya comenzada la respuesta de la Primera Ministra de Inglaterra, traducida por el intérprete en la cabina de junto, Carolina se levantó y siguió el dedo del nuevo intérprete. En cuanto éste bajó el dedo, ella se desconectó del audífono y se retiró en silencio.

Al salir por a la antesala, la chica sustituida la esperaba.

—¿Cometí un error?

—Nada importante, Julia, así que ni te preocupes. Ve al descanso un rato, te vuelvo a meter más tarde. Te apuesto que no has comido.

La chica se apenó.

—No. Tienes razón. Es que siempre me pongo nerviosa el primer día y me da miedo comer.

Carolina le rodeó los hombros con un brazo y le dio un apretón.

—Pues ya entramos en acción, así que no hay excusa ni pretexto. Ve a comer algo, ve la tele un rato y despeja la mente. Te prometo que te sentirás mejor.

—Gracias, Carolina, y mil disculpas.

—No hay de qué.

Carolina ya estaba escuchando los distintos canales y regresó a su rincón con un café. Al sentarse, notó que el general Porfirio la observaba. Su cara carecía de expresión, era la máscara que solía utilizar cuando estaba en público.

Una hora más tarde, el General se le acercó y se sentó a su lado. Ya había cambiado a dos intérpretes por sustitutos de un nivel más alto de seguridad, y tenía todas las cabinas con elementos al nivel adecuado. Al parecer, ninguno se había fatigado.

Volvió la cabeza en dirección del General y levantó las cejas para insinuar una pregunta. Durante el servicio jamás hablaba con nadie, ni con su comandante. Con nadie, a excepción de sus llamadas a Gerardo para reemplazar a los intérpretes. Y esas llamadas eran cortas y precisas.

El General le pasó un pequeño papel. Ella lo leyó. Tenía dos palabras, y eran las que más detestaba: "Comunicado conjunto".

Ella asintió con la cabeza y tomó un lápiz sin dejar de escuchar. Apuntó sobre el mismo papel los tres temas principales de la tarde:

"México a OPEP - NO.

"Independencia de Belice – SÍ (Guatemala abandona reclamaciones territoriales)

"México al GATT - Discutido sin resolución."

Entregó el papel al General y le sonrió mientras dejaba el lápiz sobre la mesa. Al hacerlo, recorrió la antesala con la mirada.

Carolina era consciente de su falta de ética profesional. Además del convenio de confidencialidad que firman los traductores al ser contratados, están sujetos a los reglamentos de ética profesional de los organismos que los certifican, así como a las leyes de secreto de Estado aplicables en muchos países desde la época del código penal napoleónico. Las sanciones por violar la confidencialidad o por divulgar un secreto de Estado varían: desde la pérdida de la certificación y multas, hasta juicios en el Tribunal Internacional de La Haya. Depende del país acusador y la calificación del delito. En México, las leyes la protegían hasta cierto punto, pero Carolina se moriría de la vergüenza si otro país la acusara de divulgar información confidencial.

Por temor a sanciones, se negaba rotundamente a pasar información en el extranjero, y el general Porfirio había aceptado su decisión al respecto de mala gana. Sin embargo, en

México no le quedaba otro remedio: tenía que acceder a pasar cuanta información le pidiera el General.

Pasados treinta minutos, Carolina se dio cuenta que la reunión estaba por concluir. Se levantó del sofá y caminó a la puerta, aún escuchando los últimos chistes que contaba el Presidente de Filipinas. En el pasillo, entre la antesala y el salón de descanso de los intérpretes, se rió con ganas: no daba crédito de lo que estaba escuchando: El Presidente de Filipinas cantaba la cancioncita de despedida de Plaza Sésamo, todos los mandatarios estaban muertos de la risa.

Al entrar al descanso, Carolina levantó los brazos en señal de triunfo, al tiempo que se quitó los audífonos.

—¡Ya estuvo! —todo el equipo, incluyendo a los edecanes, aplaudió—. Los traductores ya pueden atacar las cervezas o lo que quieran tomar si no tienen pláticas privadas, pero las edecanes tendrán que esperar la orden de Susana —sonrió a Susana, que estaba en el otro extremo del cuarto, con los pies descalzos y levantados en un cojín. Se veía tan cansada como Carolina y le regaló una sonrisa triste—. Gracias a todos, han hecho una labor estupenda, les estoy muy agradecida. Nos vemos todos a las diez y media de la mañana.

Algunos se levantaron al bar, otros se despidieron para retirarse a sus habitaciones o la alberca, cada quien a descansar a su modo. Carolina sabía que con los intérpretes no había que organizar nada formal. Eran una especie muy diferente y daban su mejor empeño si se les dejaba en paz.

Gerardo estaba esperándola. Ella se le acercó para entregarle el equipo de transmisión y la radio. Sin decir nada, su asistente los guardó en el gabinete y lo cerró con llave. Iba a entregarle la llave a Carolina, pero ella lo rechazó.

—Todavía estoy de servicio, Gerardo, y voy a salir al *Cuauhtémoc*. Mejor quédate con la llave.

Gerardo extendió la mano y volteó el gafete que colgaba del cuello de Carolina. Su expresión cambió de preocupado a aliviado.

Carolina comprendió.

—Después te platico.

—No es necesario —Gerardo le regaló una sonrisa de oreja a oreja—. Me alegro, nada más. He estado en el ácido todo el día, pero sabía que no podías decirme nada.

—Gracias, Gerardo, eres un amor —Carolina le dio un abrazo a su fiel ayudante—. Pero ya me voy.

Haciendo una seña a Susana y Lorena para avisarles que se verían más tarde, salió en busca de la lancha que la llevaría al *Cuauhtémoc*.

El *Cuauhtémoc* siempre le gustó a Carolina. Desde la lancha, el velero se veía espléndido.

La lancha disminuyó la velocidad para no provocar olas, y el desembarco ocurrió sin novedad: tras subir las escaleras, llegó a la cubierta superior en un santiamén. El Capitán del buque la esperaba al pie de la escalera.

—Bienvenida al *Cuauhtémoc*, teniente Suárez. Es un honor recibirla —le ofreció la mano. Carolina la estrechó con la misma informalidad.

Un joven cadete se acercó con un par de zapatillas con suela de hule. Carolina las aceptó agradecida.

—Las cubiertas están enceradas, Teniente, temo que los tacones pueden ser peligrosos, así que me tomé la libertad de conseguirle unos zapatos más seguros.

—E infinitamente más cómodos, mi Capitán.

Se quitó los zapatos, colocándolos en un estante que se encontraba a un lado de la escalera. Se puso los nuevos y sintió un gran alivio. Se le habían hinchado los pies, sin que lo hubiera notado. Alzó la cabeza y sonrió.

—Usted dirá dónde debo estar mi Capitán. No creo que dilaten mucho los participantes en las conversaciones.

—Claro que sí, Teniente. El capitán Alvarado la llevará al comedor, donde ya tenemos todo dispuesto para la reunión. Creo que encontrará todo lo que necesita, pero si le apetece algo en especial, le aseguro que el cocinero está a su entera disposición para lo que se le ofrezca.

—Muchas gracias por su hospitalidad, mi Capitán.

—Al contrario, Teniente. Ésta es su casa. Es la casa de todos los mexicanos, es un honor recibirla.

Carolina siguió a Alvarado por la cubierta, y luego por un laberinto de pasillos hasta llegar al comedor privado. Se quedó boquiabierta: era mucho más grande y lujoso de lo que había imaginado. Al fondo, el chef había colocado un espléndido bufé. Se le hacía agua la boca, y el Capitán estaba muy halagado.

—Por lo visto, el cocinero atinó a sus gustos.

—¡No tiene idea! Pocas veces he visto uno que se me antoje tanto, pero yo soy la que menos puedo comer en estas ocasiones.

—Pero, ¿cómo está eso?

—Yo soy la traductora y me la paso hablando, son gajes del oficio.

Alvarado se rió, avanzó y tomó un plato.

—Entonces, insisto en que pruebe algo ahora antes de que

lleguen los presidentes.

Carolina titubeó; no tenía ganas de que entraran a encontrarla comiendo. Alvarado intuyendo su vacilación, le insistió:

—No se preocupe, porque primero oiremos los silbidos, luego se van a tardar por lo menos diez minutos. Y si le preocupa el aliento, tengo mentas.

No faltaba más para convencerla. No había comido desde el desayuno con Abdul.

—Gracias, pero noto que falta un solo platillo: el Príncipe Heredero es vegetariano, y no come nada si no hay arroz. ¿Habrá suficiente tiempo para traer un poco de arroz con alguna verdura verde?

Alvarado adoptó una expresión de horror y llamó a un mesero que estaba montando guardia al otro lado de la puerta. Le explicó rápidamente lo que tendrían que preparar. El mesero desapareció, no sin antes ser advertido por Carolina que no agregaran zanahorias ni ajo al arroz.

El marino se mostró agradecido.

—Gracias por el *tip*, Teniente. No nos habían mencionado lo del arroz.

Carolina tomó nota mental de regañar una vez más a Abdul-El-Amigo.

Tomó un poco de todo, para no desacomodar las bandejas, y se sentó con el Capitán, que también se había servido un plato.

Terminaron sus alimentos y un mesero los retiró cuando escucharon el primer silbido largo.

Carolina se puso de pie y se disculpó con Alvarado para pasar al tocador, no sin aceptar un par de mentas antes de salir del comedor.

Al salir del tocador, el marino la esperaba en el pasillo.

—¿Le gustaría observar la recepción naval?

—Ay, sí. Me encantaría.

—Por aquí, Teniente.

Carolina lo siguió por una escalera de caracol, que los llevó a la cubierta de navegación del buque donde estaban la rueda del compás y el timón del barco.

—Desde aquí podremos observar todo —dijo Alvarado.

—Sí, señor.

Ya habían dado los silbidos de respuesta, y pronto vieron la cabeza del primer presidente: Santos del Alba, saludó al Capitán y la tripulación del buque, para inmediatamente tomar su lugar mientras subía el Jefe de Estado de Arabia Saudita, que fue recibido por el Presidente y luego por el Capitán del buque. Finalmente subió el Presidente estadounidense, quien fue recibido de la misma manera.

Los tres jefes de Estado tomaron su lugar en el tapete acordonado, y sonó un silbido largo.

La Banda de Marina de México tocó el Himno Real de Arabia Saudita. El Príncipe Heredero puso su mano sobre el corazón, visiblemente emocionado. Luego tocaron el Himno Nacional de Estados Unidos. Después de esta interpretación, la banda hizo una pausa.

Se escucharon tres largos silbidos. Todos los marineros, oficiales y tropa, se pusieron firmes e hicieron saludo militar, incluyendo a Alvarado y la teniente Suárez. La banda tocó el Himno Nacional Mexicano, y todas las voces lo entonaron. Al final, esperaron que el comandante cerrara el saludo y, al hacerlo, todos bajaron el saludo al mismo tiempo.

Al salir a la cubierta se encontró con los jefes de Estado que avanzaban, guiados por el Capitán. Al pasar el último, Alvarado se despidió de Carolina. Ella respondió cálidamente y se adentró en el comedor.

El Capitán se quedó afuera de la puerta: personalmente montaría guardia durante la conversación.

Carolina estaba nerviosa. Armándose de valor, avanzó hacia el centro del comedor. Los mandatarios estaban sirviéndose del bufé. Carolina se acercó para describirles los ingredientes en inglés. El presidente Troyer se sirvió un poco de todos los platillos mexicanos, al igual que el presidente Santos del Alba. El Príncipe Heredero titubeaba. Carolina se apresuró a explicarle:

—Su Alteza, el arroz está preparado a su gusto, sin caldo de pollo, y con verdura verde También hay varios platillos vegetarianos. En especial están los nopales, que son una delicadeza mexicana que me imagino que le gustarían.

El príncipe se sirvió una tostada de nopales y el Presidente mexicano se rió.

—Carolina, ¿qué le sirves a mi invitado? ¿Le explicaste que se trata de un cactus?

La palabra cactus es la misma en los dos idiomas, y el Príncipe la miró extrañado.

—Sí, su Alteza. Los nopales son una especie de cactus, pero le aseguro que son muy sabrosos.

El Príncipe se encogió de hombros, y se sirvió otro más, además de una buena porción de arroz.

La mesa principal, redonda, estaba dispuesta para cuatro personas. Carolina se sirvió un vaso de agua helada y se sentó en el lugar desocupado. Los tres hombres empezaron a levantarse, caballerosamente.

—No faltaba más, señores. Sigan sentados, por favor —les dijo, muy apenada.

Mientras comían, los tres mandatarios discutieron los puntos que se habían acordado: primero entre los presidentes cubano y mexicano, luego entre el mexicano y el estadounidense, y ahora con el Príncipe Heredero.

Al enterarse de la postura firme de México respecto al suministro de petróleo a Cuba en los precios establecidos, el Príncipe estalló:

—Pero, ¡qué sandeces dicen!

Carolina titubeó antes de traducir sus palabras, pero luego se dio cuenta de que el presidente Santos del Alba le había comprendido muy bien. El presidente Troyer estuvo a punto de responder, pero el Presidente mexicano pidió la palabra.

—Su Alteza, dado que don Fidel no se encuentra en esta reunión por petición del señor presidente Troyer, me siento obligado a responder a su sentida indignación ante el precio fijado para el suministro cubano. México no es miembro de la Organización de Países Exportadores de Petróleo, y sin embargo, comprendo perfectamente su inquietud por el precio tan bajo del crudo mexicano que se exporta a Cuba. Pero hay que tomar en cuenta la enorme demanda que hay en México del azúcar cubano.

—No veo la relación entre los dos productos —dijo el Príncipe.

—Tampoco yo —dijo secamente el Presidente estadounidense.

Santos del Alba les sonrió, y explicó:

—La relación es muy complicada. México exportará, a fines del siglo, aproximadamente doscientas cincuenta mil toneladas de azúcar cada año a Estados Unidos y otras ochenta mil toneladas a Arabia Saudita. Exportamos en total más de un millón de toneladas de azúcar al año. Sus dos países han prometido subir sus cuotas de importación más para abrir un mayor mercado al azúcar mexicano.

—Que se logrará inmediatamente al firmar el Tratado de Libre Comercio —precisó el Presidente estadounidense.

—Posiblemente, pero estamos todavía lejos de pactar un tratado equitativo, y esa es sopa de otro plato. La producción mexicana de azúcar es de aproximadamente cinco millones de toneladas al año y tenemos un consumo nacional de aproximadamente cuatro millones quinientos mil toneladas. Por donde se vea y como se calcule, para poder suministrar la demanda de azúcar para exportación, tenemos un déficit de medio millón de toneladas para el consumo nacional.

—Sigo sin entender qué tiene que ver con el precio del petróleo —dijo el Príncipe que no estaba conforme.

—Es muy sencillo: México necesita las divisas de las exportaciones, al igual que todos los países del Tercer Mundo. Sin embargo, si la exportación de azúcar mexicana genera un déficit para el consumo nacional es necesario importarla aunque sea de una calidad inferior. Cuba nos la ofrece a un precio muy bajo siempre y cuando mantengamos el precio del crudo y se cubra con azúcar la diferencia entre el precio que acordamos y el de los mercados mundiales.

—Pero eso no tiene sentido y no conviene a los intereses mexicanos —dijo el Príncipe, y el Presidente estadounidense asintió con la cabeza.

—Sí nos conviene, si consideran que estarán comprando

crudo. En México nos faltan refinerías, así que lo que nos sobra es crudo.

El Presidente estadounidense intervino, y habló con una sonrisa casi sardónica:

—Pero, ¿en dónde piensa que lo van a refinar? Cuba no tiene refinerías.

—Usted está equivocado: sí tiene una, en Cienfuegos, la cual fue construida por los soviéticos hace muchos años. Es preciso modernizarla y de eso se encargará un grupo muy importante en el norte de mi país, el Grupo Beta. La refinería estará lista en menos de seis semanas. Y esa inversión también conviene a los intereses de México.

Santos del Alba y Carolina se dieron cuenta de que ninguno de los jefes de Estado estaba convencido. Santos del Alba se puso de pie, se estiró, y pasó a la mesa de postres. Se sirvió y regresó a la mesa de juntas.

Carolina sabía exactamente lo que iba a decir: nada.

—¿No gustan? —dijo después de saborear el primer bocado—. Les aseguro que es el flan más exquisito que he probado en mi vida.

Carolina se levantó, inmediatamente, a servir dos porciones, café y presentó los platos a los invitados.

Mientras bebían el café, los ojos de los dos mandatarios brillaron. El mensaje era claro y evidente: se trataba de un trueque que convenía a los intereses de cuatro países.

Una vez alcanzado un acuerdo tácito, el Presidente mexicano sirvió cuatro copas, y las entregó a los presentes con solemnidad. Carolina aceptó la copa, se sintió agradecida por haber sido tomada en cuenta.

Todos se levantaron para escuchar el brindis de Santos del

Alba.

—Señores, les brindo el cariño de México, la calidez de nuestro pueblo, y los dulces regalos de nuestra tierra.

Los invitados sonrieron y bebieron un trago. Carolina notó que el Príncipe apenas tocó la copa con sus labios, pero el efecto fue el mismo.

Mientras los tres mandatarios se disponían a salir, Carolina se asomó con el capitán Alvarado.

—Los señores han terminado la junta y se disponen a retirarse.

Alvarado hizo una seña a alguien en la cubierta y abrió la puerta. El marino entró y explicó al presidente Santos del Alba que regresarían al puerto de la misma manera en que habían llegado.

—No hay ninguna razón para hacer dos viajes —dijo el presidente—. La teniente Suárez viajará con nosotros.

Carolina se sintió desconcertada: eso iba contra el protocolo. Sin embargo, tradujo las palabras de Santos del Alba a los otros mandatarios, quienes estuvieron de acuerdo.

Ella se empeñó en guardar una distancia discreta durante los honores de despedida y pronto se encontró en la lancha camino al hotel.

Al llegar al muelle del hotel, ella desembarcó primero por insistencia de los dignatarios, pero ¿quién era ella para oponerse a la caballerosidad tan distinguidos compañeros?

Esperó en el muelle mientras desembarcaban y se despidió. Los tres le agradecieron sus atenciones y la felicitaron por su traducción.

Al llegar a tierra firme, los jefes de Estado fueron recibidos por elementos de seguridad. Santos del Alba fue atendido por el general Porfirio, quien antes de acompañar al Presidente a su suite, echó una mirada en la dirección de Carolina. Ella no cambió la expresión de su cara, pero cuando sus miradas se encontraron fue como si hubieran hablado: el General sonrió al descubrir que todo había salido bien.

Carolina dio la vuelta por la alberca. Eran las nueve de la noche, tenía la esperanza de encontrar a algún compañero del Estado Mayor para sentarse a tomar algo: un refresco, una copa.

Al entrar al jardín donde se encontraba el bar, notó una gran actividad: los equipos de trabajo de las delegaciones tomaban su tiempo libre muy en serio; algunos nadaban, y otros platicaban con una bebida en la mano.

En un extremo solitario del jardín, descubrió a Gerardo, sentado, solo, en una silla. Intrigada, Carolina se acercó.

—Hola, hola —le dijo alegremente y el joven se volvió hacia ella, haciendo una seña con el dedo índice sobre los labios para acallarla. Con la otra mano dio unas palmaditas sobre la silla que estaba junto a él para que se sentara. Se sentó mirándolo con una expresión divertida y curiosa.

Gerardo señaló en la dirección de un árbol, ella se asomó para ver a lo que miraba.

Ahí estaba Taña, con el Primer Ministro canadiense. Carolina no podía distinguir con claridad la conversación, pero era obvio que Taña lo seducía.

—¡Órale! —le susurró a su ayudante—. Conque la Taña anda de ligue.

—Espérate que te cuente —le susurró Gerardo.

Pasaron unos minutos: el Primer Ministro se despidió formalmente de Taña y se dirigió al hotel con pasos firmes, pero veloces.

Taña se sentó en la silla más cercana y prendió un cigarrillo. Lo fumó lentamente, mirando cada dos o tres minutos a su reloj. Apagó el cigarrillo en el suelo, se puso de pie, bostezó, se estiró como si tuviera mucho sueño y siguió los pasos del Primer Ministro.

Ya que estuvo fuera del alcance de sus voces, Gerardo se rió, y tomó el radio.

—66 búho a Jota Mayor.

Se escuchó un poco de estática, y se oyó la voz del general Porfirio.

—¿Qué pasó? ¿Cómo van las cosas?

—Equis Maple ya está en el dieciséis, con cobija.

—Bien, muy bien. Oye, ¿no has visto a 66 gaviota?

—Afirmativo.

—Dile que hizo un buen trabajo y que descanse hasta las siete.

Carolina asintió con la cabeza.

—Afirmativo, señor.

Gerardo apagó la radio y se atacó de la risa.

—Me siento como el Celestino del Estado Mayor, te lo juro.

—Ay, Gerardo, a estas alturas, ¿a poco te escandalizan las andanzas del Estado Mayor?

Carolina subió los pies en otra silla y llamó a un mesero.

—¿Sería tan amable de traernos un par de bulls?

—Sí, señorita. Con mucho gusto.

Gerardo la miró con ojos de asombro.

—¿Bulls? ¿Qué me quieres poner hasta atrás?

—¿Por qué no? En este momento, no puedo pensar en nadie con quien me gustaría más tomar una copa fuerte para platicar un rato. ¿Acaso te molesta la idea?

—Para nada, pero déjame decirte que no eres mi tipo.

Los dos se rieron, unidos por el secreto que compartían. Gerardo era *gay*, y Carolina era la única persona en todo el Estado Mayor Presidencial ante quien lo había admitido. Algunos lo sospechaban, pero jamás se lo preguntarían. Era un muchacho culto y preparado, muy respetado por todos.

Carolina se sentía muy afortunada de tenerlo a su servicio y no se cansaba de decírselo.

Ellos trabajaban de un modo diferente al resto de los militares. Como los dos habían sido civiles antes de ser contratados por el Estado Mayor y ser dados de alta en el Ejército compartían el estigma de ser "soldados de cartón," como los militares de carrera solían llamar despectivamente a los oficiales que no habían pasado por el Colegio Militar.

Era un apodo injusto, porque en un momento dado, los "soldados de cartón," se esmeraban mucho más en su trabajo debido a la inferioridad provocada por la burla de los "militares de fibra".

Esa noche, Carolina habló con confianza: le contó de Abdul, del viaje a Cuba y de la manipulación que sospechaba. Finalmente, le dijo qué hacer si ella alguna vez no llegaba a regresar de alguna misión.

Gerardo la escuchó y contó algunas anécdotas para alegrar el rumbo que había tomado la conversación.

Carolina miró a su reloj, y se alarmó.

—¿Te das cuenta de que van a dar las doce? Como que nos vamos a dormir, ¡o ninguno de los dos se levantará mañana para el servicio!

—¡Caramba! No me había dado cuenta. Déjame pedir la cuenta y nos vamos.

—Ya la pusieron a mi cuarto —dijo Carolina, consciente de que su habitación tenía mayores privilegios. No faltaba más.

Se levantaron, Gerardo dejó un billete sobre la mesa para cubrir la propina del mesero, y los dos compañeros caminaron al hotel.

Al entrar a la recepción, descubrieron a dos franceses discutiendo con el encargado de la recepción del hotel y se acercaron para tratar de ayudar.

—*Que puis-je faire pour vous?* —le dijo Gerardo al más joven.

—*Quelque chose* —le respondió el joven en un tono de voz muy seductora.

Carolina tuvo que sofocar una risita y decidió retirarse a descansar, pero antes de llegar al ascensor, Gerardo la había alcanzado.

—Carolina, hay un problema en la delegación francesa. Resulta que no tienen un adaptador para enchufar su máquina de escribir, y las nuestras no les sirven porque no tienen sus letras ni acentos.

Carolina ya estaba muy cansada, pero no oprimió el botón para llamar el ascensor.

—No puedo creer que no haya ningún adaptador en el hotel... ¿Ya preguntaron?

—Sí, pero han buscado en todas partes, incluso en el Centro de Mando, pero el oficial que está de guardia insiste en que no tenemos ningún adaptador de ese tipo.

Carolina se quedó pensativa, y luego se le ocurrió una idea.

—Me imagino que en las tiendas de la zona libre deben de vender los dichosos adaptadores, ¿no?

—Sí, pero todas las tiendas están cerradas, y el trabajo que tienen que hacer no puede esperar hasta mañana.

—Sí, pero me imagino que en las puertas de las tiendas debe de haber un número telefónico para el caso de una emergencia, ¿no crees?

—Sí, si puedes definir a esto como emergencia.

Carolina sonrió.

—Pues para los franceses sí que lo es, así que también lo es para nosotros. Consigue un vehículo y vamos.

Quince minutos más tarde, los mexicanos y los franceses caminaban sobre una acera en el centro del pueblo, buscando algún teléfono para llamar al dueño de tienda.

Pero no había tal teléfono y todas las tiendas estaban cerradas.

Carolina se acercó a Gerardo, quien conversaba más que amenamente con el joven francés, y, discretamente, lo apartó de los franceses.

—Mira, Gerardo —le dijo—, esto es ridículo. Tú adelántate con los señores, no dejes que me vean durante unos dos o tres minutos, y luego los llamo.

—¿Qué vas a hacer, grandísima cabrona?, ¿romper una ventanilla?

—No, voy a hacer algo que aprendí hace mucho. Voy a abrir una puerta.

—¿Con qué?

Carolina se quitó la gorra militar y sacó las dos pequeñas horquillas que sujetaban su larga cabellera.

—¡Con éstas!

Gerardo se encogió de hombros, e hizo lo que Carolina le indicó. En menos de dos minutos, ella los llamó:

—Miren —les dijo en francés—, esta puerta está abierta. ¡Vengan!

Los cuatro entraron a la tienda que, para el mayor alivio de Carolina y Gerardo, no tenía ningún sistema de seguridad.

En un abrir y cerrar de ojos, encontraron el adaptador de corriente, los franceses lo tomaron. Por su reacción, cualquiera habría pensado que habían encontrado un millón de francos.

Rebuscaron por el paquete hasta encontrar el precio y el más joven de los franceses sacó un billete que era del doble del importe. Lo dejó a un lado de la caja registradora y salieron.

Carolina pudo poner la chapa desde adentro, pero ya no pudo cerrar la chapa de seguridad desde afuera.

—Ni modo —les dijo a todos—. Por lo menos la manija de la puerta está cerrada, aunque no pueda cerrar la chapa. Espero que no lleguen a robar por la madrugada y que nos echen la culpa a nosotros.

Al acostarse, Carolina cayó en un profundo sueño y no despertó hasta después de las seis de la mañana. Tuvo que darse prisa para llegar a desayunar con el general Porfirio a las siete.

Sólo faltaba una reunión corta por la mañana, y los participantes en la reunión regresarían a sus países.

Las Chicas de Palacio

Capítulo 8

—¡Salud!

Alzando su copa de champaña, Carolina la chocó ligeramente contra las copas de sus dos compañeras. Todas llegaron a la *fiesta del despegue* casi al mismo tiempo; casi diez minutos después de la salida de Santos del Alba.

La reunión terminó sin novedad, pero en esta ocasión el general Porfirio no le pidió a Carolina información para el comunicado conjunto. Durante el desayuno de esa mañana, el General se lo entregó a Carolina —tres horas antes del comienzo de la reunión— para que lo tradujera al inglés y al francés. El comunicado era otra prueba de la teoría de Carolina. Ya estaba casi probada, salvo por un detalle: siempre le asombraba el egocentrismo del general Porfirio, pero no estaba segura si él comprendía las ramificaciones de sus manipulaciones. Pero lo reconociera o no, era tan buen jugador que, al mover sus peones apropiadamente, provocaba una serie de acciones, reacciones y decisiones a nivel mundial.

Había una realidad manifiesta en el comunicado de prensa conjunto; sin embargo, el general Porfirio no podía haberla sabido antes de las últimas conversaciones de la reunión, de no haber sido porque "alguien" manipulara al Primer Ministro de Canadá: ese país votó con México en contra de la propuesta estadounidense de un tratado de libre comercio.

Taña brillaba por su ausencia y Carolina preguntó a Lorena:

—¿Y Taña? ¿No piensa acompañarnos?

—Sí, amiga, pero me dijo que nos alcanzaba al ratito porque quería despedirse de alguien; sí, fue a despedirse de su galán.

—¿Su galán? —preguntó Carolina inocentemente, como si no supiera de quién se trataba.

—Sí, y ¡vaya que pescó galán!

—¿X Maple? —preguntó en voz baja Carolina.

Susana sonrió. En ese momento entró Taña, lucía hermosa, con un bikini negro y su caftán abierto.

Un grupo de militares se puso de pie para saludar a la actriz y ella les correspondió con un gesto de la mano:

—No se levanten, señores —les dijo, regalándoles una gran sonrisa—. Les doy las buenas tardes, pero sigan sentados, por favor —caminó directamente en la dirección de las mujeres que estaban a la mesa del comedor. Todas se levantaron para saludarla.

—Hola chicas. ¿Qué toman?, que se ve muy sabroso.—les dijo a todas y saludó a cada una con un beso en el aire.

Lorena le entregó una copa.

—Es la versión *Santosalbanista* de un *mai tai*, o sea, una conga con ron Havana Club.

Taña tomó una probada, y exclamó:

—Muy rico, de verdad. Siempre he sospechado que el Presidente tiene un gusto muy especial.

Se sentó a la mesa con las mujeres y probó varias carnes frías y quesos que llevaron del refrigerador de la suite, sin hablar. Se le notaba cansada y desvelada; apenas se había maquillado.

—Así deberías andar siempre, porque luces fresca, joven y

bella, Taña.

—Gracias, amiga, pero el maquillaje despampanante va con mi personalidad. Hoy me atreví a venir así porque supuse que todos son de confianza y, aunque no fuera así, ¡me vale!

Carolina le echó una mirada comprensiva, que durante un breve momento se cruzó con la de la actriz. Taña sonrió.

—Y ahora bien, quisiera ofrecer un brindis por un trabajo bien hecho, ¡a todas!

Carolina chocó su copa contra las de las demás, agregando:

—¡Por Las Chicas de Palacio! Cuidado mundo, ¡unidas venceremos!

Taña se rió con las mujeres, pero sentía una gran tristeza, siempre le sucedía lo mismo cuando cumplía una misión para el general Porfirio.

Si hubiera conocido al Primer Ministro en otras circunstancias, probablemente le habría parecido encantador e interesante. Pero el modo en que tuvo que conocerlo, entablar una plática y seducirlo, la convertía en una puta ante sí misma. No le gustaba la imagen que había en el espejo esa mañana. No se había maquillado porque no quería reconocerse.

Carolina estaba empeñada en levantarle los ánimos a la actriz.

—Oye, Taña, ¿ya supiste lo que le pasó al general Santiago? —su expresión mostraba su picardía y las ganas que tenía de contar el relato.

—Sí, supe que lo habían asaltado, o algo así.

Las otras dos tuvieron un ataque de risa; pero Carolina, conteniéndose, le contó todo lo sucedido casi en voz baja. Al final del relato, Taña estaba riéndose al igual que sus compañeras , su sentimiento de culpabilidad olvidado gracias a la anécdota y tres *mai tais*.

—Ay, Chicas, ¡no saben lo bien que me hace estar con ustedes! Pueden convertir lo más desagradable en una parranda.

Lorena le regaló una sonrisa que apenas enmascaraba su honda comprensión.

—Mira, Taña —le dijo en voz baja—, estamos viviendo en el ambiente más sucio del mundo: la política —terminó en un trago su *mai tai* y le pasó el vaso a Carolina—. Hazlo más fuerte esta vez, ¿quieres? Si no conservamos el sentido del humor, nos invade la tristeza o peor aún, la depresión. Así que nos unimos siempre en estas fiestecitas para desahogarnos un poco.

—O mejor dicho, ahogarnos un poco.

Taña se acomodó en su silla, observando a las tres mujeres. Le agradaban mucho, cada una de un modo distinto, pero se daba cuenta de que realmente no las conocía muy bien. La confianza que le inspiraban, mezclada con las copas que había tomado, le permitieron formular una pregunta:

—¿Saben? Conozco muy poco su vida. Carolina, sé que eres abogada, viuda y tienes dos hijos, pero hasta ahí. Susana, sé que te divorciaste a principios del sexenio y que tienes dos hijos adolescentes, pero nada más. Y Lorena, aunque te conozca mejor que a nadie del grupo, sé muy poco de ti, aparte de las conversaciones que hemos tenido cuando salía con Salvador Arzate a cenar contigo y Arnulfo. De verdad, me gustaría conocerlas mejor.

Durante la siguiente media hora y durante varias copas, las tres mujeres platicaron un poco de sus vidas a Taña; y, salieron detalles de cada una que las otras nunca supieron antes.

Lorena explicó que había sido la maestra del hijo de Arnulfo Mendoza, el Jefe de la Policía capitalina en una secundaria particular de la Ciudad de México. Al conocerla en una conferencia de padres de familia, el Jefe comenzó su labor de conquista, finalmente aceptó salir a cenar con él, la relación había durado más de tres años. Mendoza seguía casado, pero ella se había divorciado. No tuvo problema para ganar la custodia de su hijo, gracias a la ayuda de Mendoza, que era un amante perfecto. Jamás les faltaba nada a Lorena ni a su pequeño hijo y, gracias al renombrado policía, ya contaba con una seguridad económica a la que jamás podría haber aspirado.

Susana les contó la historia de un matrimonio difícil que había acabado en divorcio, revelando varios detalles que Carolina desconocía. Después de la historia de Susana, Taña no pudo más que preguntarle que si hubo otro hombre, pues ella conocía a su exmarido, quién le parecía un tipo genial y extremadamente guapo.

—Sí.

Carolina la miró asombrada porque jamás la habría considerado como alguien que pudiera serle infiel a su marido.

—¡Resulta que anduvo con él mucho antes de conocerme!

Carolina se sobresaltó mientras Lorena y Taña intercambiaban miradas extrañas.

—Con que tu marido era... es... —titubeaba Carolina.

—Creo que la palabra que buscas es "gay" —interpuso Lorena.

Susana se rió ante la reacción de sus amigas.

—Sí. Llámale gay, puto, homosexual o reina de la tierra de

las hadas, pero el hecho es que me faltaba el equipo necesario para darle todo lo que necesitaba en una relación, así que me dejó por su *socio*, y acaban de festejar su veinteavo aniversario de amor eterno. Qué divinos, ¿no?

—Pero si estaba enamorado de un tipo, ¿por qué se casó contigo? —Lorena no lograba comprenderlo.

—Muy sencillo, amiga —Susana dijo con un tono muy triste en la voz—. Siendo de una familia de abolengo en la política mexicana, tenía aspiraciones. Así que le quedé al centavo para sus propósitos. Pero después de vivir conmigo doce años, después de traer a dos angelitos al mundo, que ya son unos adolescentes que necesitan de un padre más que nunca, el señor decidió, de la noche a la mañana, que no podía seguir viviendo una mentira. Así que salió del closet, abandonó sus sueños políticos y, de pilón, a su familia.

Taña se quedó boquiabierta, al igual que Lorena y Carolina.

—Es que no hay palabras —dijo Lorena. Carolina asintió con un movimiento de cabeza.

Susana se rió, y tomó lo que quedaba de su bebida. Pasó la copa a Lorena, pidiéndole otra, y se volvió hacia Carolina.

—Ahora te toca a ti, amiga. ¿Por fin vamos a saber el misterio de tu vida?

—¿Misterio? —la idea le dio mucha risa a Carolina—. No tengo misterio alguno en mi vida. Al contrario, es un libro abierto, y un libro bastante aburrido. Me casé con mi profesor de derecho mercantil y tuve dos hijos. Enviudé a los treinta años y aquí me tienes; tratando de ganarme la vida con dignidad para mantener a mis hijos.

—¡Ajá! —dijo Lorena sarcásticamente— Y viajas por el

mundo en uno de los trabajos más lujosos, conoces a la gente más poderosa y, por lo que tengo entendido, estás saliendo con un coronel que te adora. Si eso te parece una vida aburrida, entonces estás completamente loca.

Carolina sonrió cariñosamente a su amiga, dándose cuenta de la ridiculez de sus palabras.

—Tienes toda la razón, Lorena —le dijo—. Cualquiera sería feliz con mi vida; hasta tener que vivirla. Para empezar sí, viajo mucho, pero aparte de uno que otro viajecito de fin de semana que he tomado con alguna compañera, lo que conozco del mundo podría caber en el zócalo de la Ciudad de México: las oficinas de gobierno de diecisiete países, los mejores hoteles cerca de las oficinas de gobierno y, por supuesto, los aeropuertos. Es lo mismo que vivir y trabajar en la Ciudad de México. ¿Cuándo fue la última vez que alguna de ustedes fue a visitar el Museo Nacional de Antropología e Historia? ¿el Museo de San Carlos? ¿tan siquiera Chapultepec?

Las tres mujeres negaron con las cabezas.

—Pues es lo mismo cuando viajo —continuó Carolina—. Si viajo en líneas comerciales me compran boletos de primera clase sólo porque piensan que puedo dormir durante el vuelo para estar lista para ir a trabajar sin quedarme dormida. Me dan suites en los hoteles para que pueda instalarme con mis computadoras, archiveros, etc. Ellos salen a divertirse en las noches mientras yo me quedo redactando los reportes para mandarlos por telefax antes de que llegue el General a Los Pinos. Si acaso salgo con algún amigo de la juventud y llego tarde al hotel, encuentro un montón de papeles que me han dejado los colegas para mi revisión y proceso. Así que aunque no me lo crean, los viajes no son muy divertidos. A eso añadan el estrés de estar lejos de mis hijos seis meses del año, ¿quién de ustedes cambiaría de lugar conmigo?

Susana extendió el brazo para acariciarle la mano a Carolina, quién siguió:

—En cuanto al Coronel, pues es un buen hombre. Es cariñoso y comprensivo, y me trata muy bien, pero no nos vemos muy seguido que digamos; pues con mis viajes, cuando estoy en México, trato de pasar el mayor tiempo posible con mis hijos y él se queja constantemente porque no quiero salir de fin de semana sin ellos. Es más, hace algunas semanas me puso un ultimátum: me caso o damos por terminada la relación.

Taña tomó la copa de la mano de Carolina y le sirvió otra.

—Toma, amiga... creo que la necesitas. ¿Por qué te presiona el Coronel?, ¿cuál es la prisa?

—Gracias, Taña —alzó la copa, pasándola por el aire en son de brindis y tomó un trago largo—. Bueno, aquí entre nos, resulta que lo van a mandar a Washington como agregado militar en la embajada. Sale dentro de un mes, quiere que nos casemos y me vaya a vivir con él.

—Y tus hijos, ¿qué?, ¿quieren vivir en Estados Unidos? —preguntó Susana.

—Ni yo misma estoy segura de querer vivir en Estados Unidos —contestó Carolina con una risa forzada—. Y por eso tengo mis dudas. Es que si lo amara realmente, creo que me importaría un bledo dónde viviéramos, ¿no creen? Pero ni siquiera he discutido la posibilidad con mis hijos, porque ya estoy dudando respecto a mis sentimientos hacia él.

—Entonces, creo que ya tomaste la decisión.

Susana tenía razón, aunque hasta ese momento, Carolina no lo había admitido ante sí misma.

—Sí, supongo que sí. Lo que pasa es que no sé cómo decírselo.

Lorena se rió.

—Un "no, gracias" me parece más que suficiente, ¿no crees? Además, amiga, siempre sobran las palabras en esos casos. Si las cosas fueran al revés, y tú fueras quién quisiera casarse, te aseguro que Arturo no se tentaba el corazón en decirte que no, y te apuesto que no te daría mayores explicaciones al respecto, tampoco.

Carolina tomó otro trago de su copa, pensativa.

—No, supongo que no lo haría. Es que no sé...

Taña la miró comprensivamente.

—Fíjate bien en lo que te voy a decir, porque es algo que me dijo mi abuela hace mucho tiempo: decidir no decidir también es una decisión. No te presiones. Si te vuelve a preguntar Arturo, simplemente le dices que has decidido no decidir en este momento.

Carolina se rió.

—Se nota que no lo conoces. Es el hombre más... pues más...

—Bellamente frustrante del mundo —Taña terminó la frase—. Y sí, amiga, lo conozco... muy bien.

El énfasis en las últimas dos palabras le cayó como un balde de agua a Carolina.

—¿Cómo? A poco...

—Sí, Carolina, también he salido con él, varias veces durante las giras que he hecho con el Estado Mayor. Así que si necesitabas una excusa para mandarlo a la goma, te la acabo de dar.

La cara de Carolina empezó a torcerse en una mueca, pero terminó riéndose.

—No necesito ninguna excusa. Pero eso sí, me las va a pagar, el grandísimo desgraciado, ¡Y yo que siempre le soy fiel!

Lorena la miró, Carolina se rió.

—Bueno, con esa pequeñísima excepción, Lorena. Pero eso fue hace varios años, y en "una noche loca; una noche de copas" como dice la canción. No pasó a mayores, y nadie supo jamás. Además, fue en Bruselas, así que no cuenta.

—¿Cómo de que no cuenta? —Lorena tenía su acostumbrada expresión pícara.

—No cuenta —insistió Carolina—, porque simplemente fue uno de esos momentos muy románticos en la vida que nadie puede resistir y que, al día siguiente, pasan al banco de datos emocional como si fuera un sueño erótico y nada más.

—¡Órale! Tú si sabes justificar las cosas, ¿verdad? —Lorena se quedó pensando un momento, para luego agregar— Pero me gusta la idea, me gusta mucho.

—Ni lo pienses, Lorena —Susana habló apresuradamente—. Arnulfo sería capaz no sólo de matarte a ti, sino que también mataría al galán.

—No al galán que tengo en mente.

Las tres mujeres la miraron con curiosidad.

—¿A poco a ninguna de ustedes se le ha antojado alguna vez echarse a Santos del Alba?

No hubo respuesta. Las tres agrandaron los ojos ante el disparate de Lorena. Ella se encogió de hombros, riendo.

—No se preocupen, chicas, que jamás me ha pelado, ni me pelará. Está demasiado metido con su Secretaria del Trabajo.

El romance entre Santos del Alba y la Secretaria del Trabajo era otro secreto mal guardado del Estado Mayor Presidencial. La doctora Lilia Lumiere, esposa del hijo del presidente anterior, se había colado a la campaña presidencial como voluntaria y, tras divorciarse del marido, no sólo salió con un puesto en el gabinete, sino con el Presidente. El Estado Mayor tenía la consigna constante de retirarla inmediatamente de cualquier lugar donde llegara por sorpresa la Primera Dama y, por denigrante que fuera, todo el Estado Mayor había servido de alcahuete de las andanzas de la pareja clandestina desde el principio del sexenio. Todos pensaban que en cuanto se acabara el sexenio, Santos del Alba se divorciaría de la Primera Dama para casarse con el amor de su vida.

—No se lo crean —dijo Taña con un tono confidencial—. Santos del Alba es como cualquiera otro y, probablemente, es el tipo más fácil de seducir en toda la nación.

—¿Y eso?, ¿por qué? —Carolina no estaba de acuerdo. Para ella, Santos del Alba representaba la imagen de un padre y lo respetaba muchísimo.

—Porque es un hombre completamente protegido y aislado del mundo —insistió Taña—, como todos los jefes de Estado. Viven en un mundo en donde todos los adulan. Pero no tienen roce social ni personal con nadie, aparte de lo que les permite su gente de seguridad. No es un mundo real.

—¿Y eso los deja más susceptibles a una seducción? —Carolina no captaba el punto.

—Sí, si es verdadera y sincera. Ponte a pensar: ellos están constantemente rodeados de personas que están ahí para lo que puedan sacarles. Si quieres desarmar completamente a un jefe de Estado, un poco de sinceridad mezclada con una seducción sutil tiene que dar resultados. Es más —dijo con una mirada que a Carolina le recordaba a su gatita siamesa cuando estaba en celo—, les apuesto un fin de semana en París a que puedo seducirlo.

Sus tres compañeras se carcajearon, pero se callaron al darse cuenta de que Taña hablaba en serio. Lorena extendió la mano hacia ella.

—Trato hecho, mujer —le dijo.

Taña le estrechó la mano y, luego, estrechó las manos tendidas de las otras dos, quienes se habían quedado estupefactas sin hablar.

Carolina miró a Taña, intrigada por la intrepidez de la mujer. Lo que había dicho respecto al aislamiento de los primeros mandatarios afirmaba su teoría de que los jefes de Estado Mayor manejaban la política mundial. Tenía muchas ganas de contarles todas las manipulaciones que había presenciado durante los últimos cinco años, pero temía que sus palabras fueran productos de las copas y no del sentido común.

Sin embargo, esta mujer acababa de apostarles que acabaría por acostarse con el Presidente de la República, así que; ¿qué más daba? Su teoría era menos escandalosa que eso, aunque de ser cierta, podría tener mayores ramificaciones que una noche loca con el Presidente.

Miró alrededor de la suite. Por fortuna, las cuatro mujeres se encontraban solas. Los compañeros se habían retirado, seguramente para asistir a otras fiestas de despegue de las delegaciones extranjeras.

—Bueno, chicas —titubeó—, si de retos y confesiones se trata la velada, entonces les tengo una muy gorda.

Lorena, Susana y Taña se volvieron hacia ella, animándola

a seguir.

—Miren, lo que les voy a contar es una teoría, que casi he comprobado una y otra vez durante los últimos años, y, creo que nosotras cuatro, en este momento, podríamos convertirnos en poderosas.

—¡Ni una copa más! —dijo Lorena al retirarle la copa a Carolina.

Carolina le arrebató la copa y tomó un largo trago.

—Al contrario, necesito otra.

Pasó la copa a Lorena, quien se encogió de hombros y le sirvió otra a su amiga. Si llevaba bien la cuenta, Carolina llevaba cuatro, cinco con ésta. La preparó con menos ron, por si acaso, y se la entregó.

—Gracias, amiga... y gracias por hacerla menos fuerte. Ahora bien. No estoy bromeando. Es que les voy a contar lo que he visto durante los últimos años. Pero primero, tenemos que hacer un pacto de confianza: nada de lo que hablamos hoy puede divulgarse fuera de estas paredes, ¿de acuerdo?

Todas chocaron las manos en el aire. Lorena dijo:

—Chicas de Palacio, ¡unidas venceremos!

—¡Unidas! —dijeron todas en unísono, chocando las manos de nuevo.

Susana se puso de pie.

—Y si va en serio lo de las manipulaciones, entonces no estamos en un lugar precisamente seguro, ¿no creen? Yo sugiero que agarremos unas botellitas, una bolsa de hielo y unas botanas, y nos las llevemos a la playa donde nadie nos puede escuchar... ni electrónica ni personalmente.

Las tres asintieron y se levantaron. Encontraron una mochila del tamaño perfecto para sus cosas. Un rato más tarde habían empujado una mesa y sillas hasta la orilla del mar.

Desde una terraza en el quinto piso, un joven oficial hizo una llamada a Los Pinos.

—Con la ayudantía del Jefe de Estado Mayor, por favor.

Después de una larga pausa, alguien le contestó.

—Teniente, habla el Mayor Aburto de Cancún. ¿Ya subió mi general Caballero Castillo de la residencia?

Al contestarle el general Porfirio, el mayor le dio parte respecto a las novedades que observaba en la playa del Hotel Presidente.

El General se sonrió divertido al colgar el teléfono.

Cuatro mujeres tomando una copa en la playa no era un asunto para preocuparse.

A la mañana siguiente, Carolina se despidió de sus compañeras antes de subir al helicóptero que la llevaría con la Primera Ministra de la India, probablemente no las volvería a ver hasta el día del Informe Presidencial.

Ya se le hacía tarde. Terminó de ajustar su uniforme al bajar del ascensor. Los ayudantes de la señora Gandhi estaban en el vestíbulo, Carolina se acercó a saludarlos.

—Buenos días —los saludó en inglés—. Soy la teniente Suárez, he sido enviada a acompañar a la señora Primera Ministro a Monte Albán.

—Sí, Teniente, la esperábamos —le dijo el jefe de ayudantes, al estrechar la mano extendida de Carolina—. En seguida bajará la señora, el helicóptero está listo. El helicóptero escolta ya está sobrevolando el hotel.

En ese momento, las puertas del ascensor se abrieron dando paso a una diminuta mujer de pantalón negro y una túnica larga. Llevaba zapatos de tenis y una gorra. Carolina tuvo que mirarla dos veces para darse cuenta de que se trataba de la Primera Ministro.

Antes de que Carolina pudiera avanzar hacia ella, Indira Gandhi se acercó, ofreciéndole la mano.

—Señora Gandhi, es un honor conocerla.

—El gusto es mío —contestó la mujer—. Así que usted es la teniente Carolina que me va a acompañar a la zona arqueológica.

No era pregunta. Carolina se quedó momentáneamente pasmada sin poder hablar ante uno de sus ídolos, pero se sobrepuso.

—Así es, señora Gandhi, me han conferido ese honor.

La señora entrelazó un brazo con el de Carolina, llevándola hacia el vestíbulo.

—Vamos a divertirnos mucho, jovencita: relájese.

A partir de ese momento, Carolina se sintió como si estuviera de paseo con una buena amiga.

Subieron al helicóptero, y Carolina empezó a pasar al fondo, a la cabina de soporte, pero la Primera Ministro la detuvo.

—Carolina, por favor, siéntese conmigo. Es un viaje bastante largo y no me gusta desayunar sola, ¿no me acompaña?

—No faltaba más —respondió Carolina con una gran sonrisa—. Además, me muero de hambre.

Se sentó al otro lado de la mesa , sus platos pronto fueron servidos: las dos mujeres conversaron mientras desayunaban. Carolina se preguntaba dónde le cabía tanta comida a una mujer tan esbelta y pequeña. La señora Gandhi seguramente se preguntaba lo mismo. Carolina, por la ligera resaca que sufría a causa de su noche de copas con las Chicas de Palacio, comió mucho más de lo normal.

Después del desayuno, la señora Gandhi pidió un té, Carolina un café cargado. Justo al terminar sus bebidas, el piloto anunció que estaban por llegar a Monte Albán.

La señora Gandhi, volviéndose en su asiento hacia la ventanilla, jadeó al ver el lugar.

—¡Pero qué cosa más hermosa! ¿Es la primera vez que viene usted?

—No, Señora, vine una vez de niña. Pero es la primera vez que lo visito como adulta. Le aseguro que estoy tan emocionada como usted. Es maravilloso, ¿verdad?

El helicóptero estaba apenas aterrizando cuando la señora Gandhi ya se había desabrochado el cinturón de seguridad. Estaba levantada y lista frente a la puerta de salida antes de que sus ayudantes y los sobrecargos pudieran llegar a abrirles.

Una vez en el suelo, todo el mundo se detuvo en silencio, por instrucciones silenciosas de los ayudantes de la Señora.

Ella se hincó a besar el suelo.

Carolina no supo qué hacer, porque normalmente habría seguido un gesto de cualquier tipo que hiciera un jefe de Estado... pero en este caso no sabía si el gesto era religioso o si era por emoción.

Como si la Señora intuyera lo que pasaba por la mente de Carolina, se volvió hacia ella.

—No me haga caso, soy extremadamente sentimental y siento que debo rendir homenaje a sus dioses tanto como lo haría en mi país en un lugar sagrado.

Carolina le sonrió, conmovida por su sentimiento.

—Y ahora —le dijo la señora—, ¡vamos a explorar el lugar!

Durante las siguientes dos horas, las mujeres treparon cada pirámide que encontraron, explorando lugares que Carolina jamás había visto. Finalmente, llegaron a la cima del monte para apreciar el valle.

Carolina estaba asombrada por la energía de la señora Gandhi. Ella se sentía bastante sofocada, pero la señora estaba fresca como una lechuga.

Cuando la señora se sentó, Carolina se sintió muy agradecida de poder descansar un momento. La señora dio una palmadita sobre la piedra donde estaba sentada, indicando que ahí se sentara Carolina.

Carolina obedeció agradecida.

Durante varios minutos las dos mujeres miraron el valle en silencio, maravilladas ante la majestuosa construcción milenaria.

Finalmente, la señora Gandhi habló.

—¿Sabe meditar, Carolina?

—Sí, Señora, creo que sí. Practico el yoga y soy católica de religión, así que a mi modo, supongo que sí, sé meditar.

—Qué bueno. Es que en un lugar como éste, es bueno poner la mente en blanco para escuchar a sus antepasados. Le pueden decir mucho, si usted es una de sus elegidas.

Carolina cerró los ojos, fascinada ante la idea, tratando de poner la mente en blanco.

La señora Gandhi se rió.

—No, no así. No estamos rezando. Para poner la mente en blanco, necesita enfocarse en un punto especial, preferiblemente en la distancia.

Carolina fijó la mirada en una piedra al otro extremo del valle.

—Bien. Ahora, no piense en nada. Simplemente enfoque toda su fuerza mental en ese punto y no piense en nada. Es mucho más difícil de lo que parece, pero lo puede hacer, se lo aseguro. Pero ya no le voy a hablar. Relájese, porque tenemos todo el tiempo del mundo.

Carolina siguió concentrada en la piedra y, poco a poco, se le fue despejando la mente de todo pensamiento. Sin tener noción del tiempo, sintió paz interior, respiró profundamente, gozando la sensación hasta que le llegaron imágenes e ideas que le rompieron la meditación.

Cuando se volvió hacia la señora Gandhi, la mujer estaba de pie, sonriéndole.

—Funcionó, ¿verdad?

—No sé. La verdad es que no sé. Me sentí muy serena, como si estuviera flotando en el aire y, después, empecé a pensar en mil cosas y pasaron muchas imágenes por mi mente.

—¿Y no escuchó los mensajes ni se fijó en las imágenes?

—No, interrumpieron mi meditación.

—La próxima vez, hay que escuchar lo que le dicen y hay que mirar cuidadosamente las imágenes, de ahí aprenderá mucho, se lo aseguro.

—La próxima vez que venga a este lugar será probablemente, si me va bien, dentro de otros veinte años.

—Ahí es donde está usted equivocada, Teniente.

Carolina la miró con una expresión confusa.

—Si cierra los ojos en este momento, le aseguro que puede visualizar el punto que estaba viendo en su meditación. ¿No es así?

Carolina cerró los ojos brevemente.

—Sí, señora, es cierto.

—Entonces, le será muy fácil regresar a este mismo lugar cuantas veces guste. Sentirá la misma serenidad, le llegarán las mismas imágenes y pensamientos. Pero la próxima vez hay que escucharlos. Aprenderá muchas cosas por medio de este tipo de meditación.

Hablaban mientras caminaban hacia el sitio donde las aguardaba el helicóptero.

—Así lo haré, señora. Lo voy a intentar.

—Un intento sincero es la meta en sí. No hay que desistir, porque le llegarán los mensajes cuando los necesite, no antes.

—¿Recibió usted un mensaje durante su meditación?

La señora se rió.

—No se preocupe, no me molesta que me lo pregunte. Y sí, recibí muchos mensajes. Todos concuerdan con los que he recibido durante mucho tiempo. Me dicen que hay que estar preparada para el final de una época y el comienzo de otra.

Carolina no entendió el significado de sus palabras, pero no se atrevió a preguntar más.

Al despedirse de la señora Gandhi en el hangar presidencial en la Ciudad de México, Carolina sintió una gran tristeza al verla partir.

La mujer le había llegado hasta el fondo de su corazón, le deseó un buen camino. Lo había hecho con tantas personas a través de tantos años que había perdido la cuenta. Pero con la señora Gandhi, se lo deseó de todo corazón.

La meditación le serviría el resto de la vida. En cierta forma, la vida de Carolina cambió ese día, aunque no se dio cuenta durante mucho tiempo.

Capítulo 9

2003

Taña

—Señora, la busca el licenciado Santos.

Taña Monteblanco viuda de Santos miró a su fiel ama de llaves y alzó la ceja con curiosidad ante la inesperada llegada de su abogado y cuñado, el hermano del presidente Juan Ignacio Santos del Alba a quién, poco días antes, había dado santa sepultura en el panteón militar de la ciudad.

No podía tratarse de una decisión del juzgado donde se litigaba la disputa sobre la herencia de su marido, ya que ese tipo de proceso solía durar varios años; más aún tratándose de una herencia tan cuantiosa.

—¿Te dijo qué quiere? Suele llamarme antes de venir... ¿cómo lo viste?

Griselda reconocía la inquietud de su patrona y amiga ante la vista del abogado. Habría hecho cualquier cosa para evitarle otro disgusto. La vida de Taña se reducía, en últimas fechas, a una serie de problemas de todo tipo y la expresión en el rostro del Guillermo Santos del Alba delataba su estado de ánimo. Griselda titubeó y Taña supo que el abogado no le llevaba buenas noticias. Se levantó del sillón de satín donde había pasado la mayor parte del día leyendo. Miró tristemente hacia el jardín y luego se observó en el espejo. Hizo una mueca, en ese momento le desagradaba su aspecto: estaba despeinada, no llevaba ni gota de maquillaje. Ya no podía, ni siquiera en sus sueños más gráficos, pasar por la misma estrella vez fue. Aunque ella misma se consideraba una gran actriz, la prensa nacional solía referirse a la carrera artística de su juventud en términos mucho más despectivos — "vedette", "encueratriz", a pesar de que era la viuda del expresidente que, en su opinión, más había hecho por la nación en la historia.

—Házlo pasar a la biblioteca, Griselda, bajaré en seguida.

—Sí, señora.

La diminuta mujer desapareció en silencio y Taña atravesó la recámara rumbo al vestidor. Se detuvo a prender la luz indirecta. Días antes había ordenado a Griselda que no dejara entrar a ninguna de las muchachas de servicio a hacer el aseo. Ella misma organizaría su ropa: tenía prendas que no había usado durante varias décadas y, probablemente, nunca la volvería a usar. Sólo ocupaban espacio en el vestidor; y ella estaba empeñada en sacar todo lo que no servía.

Su madre siempre decía que había que tirar lo viejo para hacer espacio para lo nuevo. Y no se refería sólo a las prendas de vestir, sino a todo en la vida. El recuerdo de las palabras de su mamá hizo que los ojos de Taña se llenaran de lágrimas. Apagó la luz.

"¡Ya basta de sentimentalismos!," se dijo a sí misma. Si su abogado podía llegar sin anunciarse, entonces tendría que ser recibido por una simple mujer de su casa; con el traje de ejercicio y sin peinarse. No valía la pena hacerlo esperar tan sólo para que la viera arreglada.

Caminó hacia la puerta del pasillo, deteniéndose en el umbral para respirar. Echando los hombros hacia atrás, avanzó rumbo a la escalera que era idéntica a la gran escalinata de Palacio Nacional. Ya no estaba la bandera nacional que antes colgaba del barandal. Al pasar frente a este sitio Taña sólo pudo recordar el momento en que esa misma bandera fue colocada sobre el féretro de su marido, para serle devuelta a ella en el momento del entierro.

Estremeciéndose, ajustó su postura para entrar a la biblioteca donde la aguardaba el abogado. Él se puso de pie al verla entrar.

—Taña, te ruego me disculpes por llegar sin cita —le dijo al notar que su cliente no estaba arreglada, ni maquillada—, pero sentí una gran urgencia de notificarte de un suceso.

—¿Suceso? —Taña arqueó las cejas del modo que la había hecho famosa en el cine— Pero, me dijiste que no habría fallo por la sucesión sino hasta dentro de ocho meses.

—S-sí —titubeó el licenciado Santos—. Así es, pero jamás conté con una demanda civil por parte del pueblo de México. ¡Nos ha demandado el pueblo de México!

Taña se sintió como si alguien le vaciara una cubeta de agua helada. Tuvo que sentarse, sentía que la habitación giraba a su alrededor.

—Entiendo tus palabras, pero no comprendo su significado. ¿Cómo es que puede demandarme el pueblo?

Santos del Alba se sentó sin invitación al lado de la actriz, y suspiró:

—Si me lo has preguntado hace tres días, te habría dicho que sería ridículo contemplar semejante posibilidad, pero ahora, pues no sé. Ya no comprendo nada. No cabe duda que los tiempos han cambiado. ¡Ya no hay respeto ni a lo más sagrado! Hace veinte años era impensable demandar la herencia de un exmandatario.

—Pero, ¿con base en qué demandan?

—Con base en que pueden demostrar que hasta esta misma casa fue construida con fondos del erario público.

El semblante de Taña recobró su color, su rostro se endureció. Se puso de pie, y le gritó a su ama de llaves.

—¡Griselda!

La pequeña mujer apareció inmediatamente y, por la expresión de terror, Taña se dio cuenta de que había escuchado la conversación con su cuñado. Aunque no lo admitiera, le agradaba la idea de no tener que darle explicaciones a su criada.

—Griselda, ponme en contacto con el general Porfirio, por favor. Ahora mismo veremos de qué se tratan estas insensateces.

Taña notó que el abogado se mostraba incómodo.

—¿Hay algo más? ¿Falta algo?

El abogado asintió con la cabeza.

—No creo que tenga relación con la demanda, pero hay otro asunto que tengo que tratar contigo. Sería mejor decírtelo antes de hablar con el General.

—Espérate Griselda —le dijo a la criada, volviéndose de nuevo hacia el abogado—. ¿Qué hay?

—Es que te tengo una mala noticia.

Los titubeos de su cuñado le estaban colmando la paciencia.

—¿Peor que la que me acabas de dar? No lo creo.

—Se trata de Carolina Suárez, Taña. Falleció la semana pasada, en España.

Taña se desplomó en el sillón frente a Guillermo Santos.

—Pero, ¿cómo? Es más joven que yo. ¿Tuvo un accidente?

—Taña no había visto a Carolina en varios años, pero le conmovió la noticia al punto de derramar las lágrimas. Tuvo que hacer un enorme esfuerzo para no quebrantarse.

—Por lo que tengo entendido, fue un infarto. Me llamó su abogado esta mañana con la noticia.

—¿Por qué a ti, Guillermo?

—Porque yo preparé su testamento, él tenía instrucciones precisas de avisarme en el caso de su fallecimiento.

—¿Y qué hacía en España? No he sabido nada de ella desde hace años.

—Nadie supo de ella después de enero de 1994. El general Porfirio habló con ella en ese mes para desearle un próspero año y, ella desapareció unos días más tarde. Hasta llegué a bromear con el General respecto a su paradero, porque hasta donde sé yo, vivía en absoluta reclusión con su marido, en provincia.

—¿Así que por fin se casó? ¿Con un guanajuatense?

—No, es capitalino; alguien que conoció durante sus últimos años en el Estado Mayor; tengo entendido que por él pidió su baja del ejército. En cuanto pudo, desapareció con el tipo a provincia y no supimos más de ella hasta 1994 cuando la encontró el General. Estaba usando otro nombre y apellido, pero estaba registrada en el colegio de abogados del estado con su cédula profesional, así que fue fácil dar con ella.

—¿Y se fue de México después de la llamada del General?

¡Vaya! ¡Bonitos los deseos del General! ¿Qué hizo? ¿La corrió del país?

—No, claro que no. Acuérdate como era ella… terca como una mula. Si de verdad quería vivir en el anonimato, la llamada del General fue más que suficiente para inspirarla a cambiarse de domicilio.

—Pero, ¿España?

—Ve tú a saber. Hasta ahora que hablé con su abogado en Madrid, me enteré de que su abuelo era español. Ella todavía tenía unos parientes lejanos allá. Me imagino que fue otro refugio, al igual que la cabaña de Guanajuato que estaba en la cima de una montaña casi inaccesible. Parece que lo único que querían ella y su marido era esconderse.

Taña se quedó ensimismada en sus pensamientos, recordando a su amiga, alegre y cálida. No le cuadraba la imagen de los últimos años de la vida de Carolina que pintaba el abogado.

—Pero, ¿de qué se escondía? No lo comprendo, porque ella no era así. Era alegre y congeniaba con todo el mundo.

El abogado le sonrió a Taña.

—No se escondía *de* nada, sino que se escondía para algo: se había convertido en autora, y se ocultaba para escribir.

El abogado sacó varios libros de su portafolio y los colocó sobre la mesa. De diferentes temas y géneros de literatura, todos tenían la misma autora: Perla Dosamantes. Taña conocía muy bien las obras; había leído dos de los libros que estaban en la mesa.

—¿A poco era Perla Dosamantes? Pero, ¡si me encantan sus libros!

Tomó uno de los libros que no había leído y lo vio con

tristeza.

—Ay, amiga —dijo, pensando en voz alta—, no perdiste el contacto conmigo, después de todo.

El abogado frunció el ceño.

—Yo no sabía que fuesen tan amigas. Por lo menos desde que te casaste con mi hermano, jamás la vi por aquí.

—Me distancié mucho de todas mis amistades después de casarme, Guillermo, pero Carolina era de mis amigas más apreciadas. Es más, en cierta forma, podría decir que toda la felicidad que gocé con Juan Ignacio durante estos casi quince años fue gracias a ella.

Sus propias palabras libraron la pena que había contenido, y se hundió en un mar de lágrimas.

—Discúlpame, Guillermo —le dijo al tomar un pañuelo para limpiarse los ojos—, pero de repente me llegó el sentimentalismo.

"¡Qué bueno!," pensó el abogado, y extendió la mano para acariciarle el hombro a su cuñada.

—Ya era hora de que lloraras. Te has aguantado mucho, y mucho más desde el sepelio de Juan Ignacio.

Taña se incorporó y respiró hondamente para controlarse.

—Bueno, ¿qué tipo de funeral se va a hacer? Será aquí en México, ¿o en España? Por supuesto que quiero asistir.

—Por supuesto, Taña, pero al parecer, no habrá funeral, o por lo menos no sé si lo habrá. Pero eso sí que te ha dejado instrucciones muy precisas, según me dice su abogado desde España.

—Me ha mandado este fax esta mañana, y lo demás llegará por la noche al aeropuerto.

El abogado le entregó la carta a Taña.

Las Chicas de Palacio

La carta estaba en puño y letra de Carolina, y Taña la leyó con voz temblorosa:

Hola Taña:

¡Para cuando recibas esto, mi cuerpo se habrá convertido en cenizas! Pero no te preocupes, porque estaba bastante dañado y decrépito el condenado: los años no han pasado en balde.

Nunca llegué a la última reunión de Las Chicas de Palacio, pero te mando mis cenizas con un legado muy especial para ti y para Lorena y Susana. Llegarán por Aeroméxico esta noche, y, si no te es mucha molestia, me gustaría que recogieras el paquete personalmente, pues no confío en nadie como confío en ti, amiga.

Y mañana, o a la brevedad posible, quiero que hagas la última reunión de Las Chicas de Palacio en tu casa, con mis cenizas presentes. Ahí quiero que se tomen unos mai-tais santos albanistas, y luego pueden abrir el paquete que les he enviado.

Es mi legado para ustedes, mis más queridas amigas, y les prometo que todas habremos alcanzado la meta que pactamos hace muchos años en Cozumel.

Les mando un beso y un abrazo, y a ti, querida amiga, una promesa de que en cuanto llegue yo al más allá, buscaré a nuestro amado Juan Ignacio para tomar ese mai-tai con ustedes. Te lo cuidaré mucho hasta que llegues. Te lo prometo.

Carolina

P.D. Después de la reunión, siéntanse en libertad de tirar mis cenizas dondequiera. Son cenizas nada más, y no tienen impor-

tancia.

Las cariñosas palabras de su amiga conmovieron a Taña, pero al mismo tiempo estaba intrigada. Alzó la mirada hacia el licenciado, y arqueó las cejas en son de pregunta:

—¿Qué te parece esto? ¿De qué se tratará el dichoso legado?

—No tengo la menor idea, Taña. Sólo sé que llegará en el avión de las siete de la tarde, y el paquete viene a tu nombre.

Taña miró a su reloj, sólo faltaban diez minutos para las seis. Apenas tendría tiempo para bañarse y arreglarse si iba a llegar a tiempo.

Se puso de pie, el licenciado hizo lo mismo y se abrazaron.

—Gracias, Guillermo... por tu visita y por esta visita con mi vieja amiga.

—Pero, ¿cómo quiere que proceda con lo de la demanda?

—Ya veremos eso después de la reunión con mis amigas, cuñado. Esto es más importante. Tengo que arreglarme y llamar a las chicas antes de ir al aeropuerto. ¡Gris! Dile al chofer que traiga el Jaguar, ¡qué vamos por mi amiga! Y arréglate, que quiero que me acompañes. Dile a mi secretaria que vaya localizando a Lorena Araujo y Susana Aragón para citarlas aquí mañana por la tarde. ¡Qué les diga que es de suma importancia y que se trata de un asunto de Las Chicas de Palacio!

El licenciado Guillermo Santos del Alba se retiró en silencio, con una sonrisa sardónica."¿Chicas?," iba diciéndose a sí mismo. "¡Viejas locas de Palacio, serán!"

La entrada al aeropuerto de la Ciudad de México desbordaba viajeros: la mayor parte de los vuelos internacionales llegaban a la ciudad entre las cinco y las ocho de la tarde.

Al meterse en el carril que los llevaría a la terminal de llegadas, Taña se inclinó hacia adelante para darle instrucciones al chofer:

—Tomás, por favor ve directamente a la puerta de Aeroméxico, ahí me esperas mientras Griselda y yo entramos a recoger un paquete.

—Sí, Señora —respondió el chofer, levantando la radio que lo comunicaría con el jefe de la escolta de Taña—. 66 Tauro, vamos a hacer un veintidós en la entrada de Aeroméxico. Despeje un lugar, por favor.

—En seguida —contestó una voz, y Taña pudo escuchar la misma orden transmitida al carro guía que iba hasta adelante.

Segundos más tarde, vio cuando una torreta roja era puesta en el toldo del carro guía y escuchó la sirena del vehículo abriendo un camino entre el tráfico que estaba embotellado a la entrada del aeropuerto.

Tomás siguió al guía, manipulando el vehículo sin rozar a ninguno de los automóviles que pasaba. Llegaron a la entrada indicada.

Taña miró a su reloj; eran las siete y veinte.

—El vuelo ya tiene más de veinte minutos de haber aterrizado —le dijo a Griselda—, así que me imagino que el paquete ya está en el mostrador de Aeroméxico.

Griselda asintió con la cabeza y tomó a su patrona por el brazo.

—¿Está bien para caminar entre la gente? ¿Se siente bien?

—Sí, gracias Griselda. Pero quédate cerca de mí, ¿de

acuerdo? No quiero hacer el ridículo si me da un ataque.

Trató de forzar una risa, pero no le salió.

Bajando por el lado del chofer, Griselda corrió hacia la portezuela de Taña. Notó que ya se acercaban unos hombres con cámaras y se detuvo. Hizo una seña en la dirección de los ayudantes, que rápidamente formaron una valla para evitar que los fotógrafos se le acercaran.

Satisfecha de que ningún reportero podría acercarse a la viuda del exmandatario, abrió la portezuela del coche y extendió la mano para ayudar a Taña a descender.

Taña tomó la mano de su amiga y servidora, bajó del coche con su acostumbrada elegancia. A pesar de que casi anochecía, llevaba gafas de sol porque le ayudaban a sentirse más segura entre la muchedumbre en lugares públicos.

—Gracias, Griselda —le dijo al enlazar un brazo con el de la pequeña mujer—. Ya vámonos, que me espera mi amiga.

Con la ayuda de la escolta de Taña, las dos mujeres llegaron al mostrador de Aeroméxico en pocos momentos. Ahí las esperaba una empleada con una gran sonrisa.

—Señora Santos del Alba, es un honor —dijo la empleada—, ¿en qué puedo servirle?

Taña le regaló una de sus sonrisas más elegantes.

—Vengo a recoger un paquete que debe haber llegado de Madrid en el vuelo de las siete. Tengo entendido que el vuelo aterrizó hace veinte minutos, así que; ¿me podría traer el paquete?

—No faltaba más, Señora —le dijo la empleada—. ¿Sabe cuántas piezas vienen en el paquete?

Taña no pudo sofocar una risa.

—Me imagino que muchas piezas —dijo sin expresión alguna. Griselda se rió a carcajadas.

La empleada, mirándolas con expresión de confusión, pasó por una puerta al interior del aeropuerto.

—Ay, Señora —le dijo Griselda entre risas—, no se mide.

—Siempre me pasa lo mismo en momentos emotivos —le dijo Taña—. ¿No lo has notado?

Y las dos se rieron juntas.

Cuando la empleada salió, cargaba una caja de unos cincuenta centímetros de largo, por los mismos de alto. A Taña le pareció una caja bastante chica, dado su contenido.

—¿Está usted segura de que sólo viene esta caja?

La empleada revisó su manifiesto de nuevo y asintió con la cabeza:

—Sí, señora. Nada más viene este paquete, pero pesa mucho.

Uno de los ayudantes se acercó al mostrador y empezó a tomar la caja de las manos de la empleada, pero Taña se lo impidió.

—Gracias, pero necesito llevarla yo misma.

El ayudante dio un paso hacia atrás, y la empleada colocó la caja sobre el mostrador.

—Señora, ¿puedo molestarla con su firma en el manifiesto? Es un simple acuse de recibo—. La empleada tendió un papel sobre el mostrador, entregándole una pluma.

Taña tomó la pluma, y firmó el documento. Luego, tomando la caja, le dio las gracias a la empleada antes de girar sobre sus talones para salir del aeropuerto.

Capítulo 10

Lorena

—¡Éste tiene que ser el momento más denigrante y penoso de mi vida, Arnulfo!

—Ay, Lorena, no sabes cuánto lo siento.

El hijo de Arnulfo Mendoza se parecía mucho a su padre cuando Lorena lo conoció.

—Es que no puedo creer que me han registrado hasta los calzones los hijos de la chingada. ¿Qué se creen? Más bien, ¿qué me creen que soy? ¿Una vil criminal? ¿Creen que voy a importar armas o drogas a México en los calzones?

—Ay, Lorena, no es para tanto. No te desvistieron. Sólo te registraron electrónicamente. Y no es por la cuestión de fayuca, sino por consigna. Te aseguro que no fue nada personal.

Normalmente, ese avión llegaba sin problemas al hangar privado en el área de aviación general del Aeropuerto Benito Juárez; pero a veces aparecían oficiales de aduanas y de migración. Hoy había sido una de esas ocasiones y su madrastra estaba furiosa.

Arnulfo iba con la viuda de su padre por el periférico rumbo a su casa en San Jerónimo Lídice. Había ido por ella al aeropuerto minutos después de que aterrizó el que antes fue el avión particular de su padre, pero que desde el último informe de Santos del Alba era propiedad de Lorena.

En aquel entonces Arnulfo era apenas un joven de quince años, pero cada vez que iba al hangar donde se estacionaba el avión de su difunto padre, le invadía el mismo miedo que había tenido cuando estuvo atrapado en la pista de despegue, rodeado de extraños, y un niño que no conocía.

—Todavía recuerdo el día en que estuve encerrado en ese avión con tu hijo —le dijo a Lorena, como si pensara en voz alta.

Lorena le sonrió.

—Créeme que fue peor para mí que para ustedes —respondió ella, ensimismada en sus pensamientos.

Aquél día parecía ser igual a cualquier otro: un informe presidencial más. Todo el personal de la Presidencia, tanto civil como militar, estuvo en el Palacio Legislativo desde las siete de la mañana.

Para su hijito, Franco, era un día de asueto, así que ella no se asomó para despedirse de él antes de salir de la casa; una decisión de la que se arrepentiría algunas horas más tarde.

Veinte años habían pasado desde el día que marcó el final de la época más feliz de su vida, pero aún se estremecía al recordarlo.

Al llegar al Palacio Legislativo, había ido a buscar a Susana y Carolina. Lorena entró con un saludo alegre, al encontrarlas desayunando en el comedor de los oficiales, sólo para ser recibida con un silencioso gesto de parte de Susana que se sentara.

Ya sentada a la mesa, Carolina le comunicó:

—Qué bueno que llegaste, Lorena. Dentro de media hora, este lugar estará sellado como una fortaleza. No dejarán entrar a nadie que no tenga el gafete especial de invitado.

Lorena se extraño ante la sombría actitud de Carolina.

—Como siempre, ¿no?

—No como siempre, Lorena, sino como nunca —le dijo Susana.

—¿Por qué? ¿Qué sucede? —a Lorena se le paraban los vellos en los brazos: algo andaba muy mal— ¿Hubo un atentado?

—No, pero me da la impresión que puede haber uno, porque jamás he visto a todo el personal de la Sección Quinta tan preocupado y misterioso.

Las tres mujeres estaban hablando a susurros, pero sus palabras no pasaron desapercibidas para los oficiales de seguridad que las rodeaban. Carolina sintió que le quemaba la frente. Levantando la vista, vio que un oficial de seguridad la miraba de una manera que la hizo temblar.

—Yo no sé qué sucede, pero sugiero que hagamos conversación insignificante y alegre, porque nos están mirando de una manera que no me gusta.

—Bueno, pues... —dijo Lorena. Se enderezó en su silla, buscando a un mesero para llamarlo a la mesa—. Un cafecito, mi buen Cabo —y volvió hacia sus compañeras—: ¡A que no saben de dónde vengo!

Carolina también se enderezó, y ya en tono normal respondió:

—De Acapulco, donde inauguraron el Palacio Romano.

Lorena la miró estupefacta.

—¿Cómo sabes?

Su voz complementaba de maravilla el mohín que se había formado en sus labios.

—Porque yo recibo las novedades del día en Los Pinos. Saliste en el Sabre de Arnulfo el viernes por la noche, te quedaste en el Hotel Presidente. El sábado temprano Arnulfo pasó por ti para ir a la casa que acaban de construir en la colina. Hicieron una fiesta de inauguración con una bola de gente que nadie conoce pero que hablaba por lo menos seis idiomas y provenían de nueve diferentes países; representantes de los cuerpos policiacos de sus naciones.

Lorena no pudo contener las carcajadas.

—No cabe duda, mi querida Sherlock, que no pierdes detalle alguno. Acaso sabes lo que cené, ¿o qué hicimos en la cama más noche?

—No, ¡pero me lo puedo imaginar!

Con el afán de seguir una conversación amena ante los ojos curiosos y suspicaces de los elementos de seguridad, Carolina se dirigió a Susana:

—¿No quieres que te dé todas tus actividades del fin de semana?

—No serían muy interesantes, porque me la pasé descansando en la casa con mis hijos.

—¡Ajá! Pero descansando después de una semana riquísima en Paris con Alejandro Sansores, ¿verdad?

Susana le sonrió con sus ojos felinos.

—Sí, Carolina, me la pasé divinamente con Alejandro en París.

—¿Y no ha salido nada de lo que hablamos?

Carolina era una metiche incorregible, pero todo en el espíritu del pacto que hicieron en Cozumel. Cada una tenía su misión. Cada vez que se veían, ella les exigía un reporte formal sobre su progreso.

Susana se rió.

—Algo hay de eso, amiga, pero el plan no ha madurado. No te preocupes: ya te contaré cuando suceda algo bueno. Mientras tanto, me la estoy pasando de maravilla. Pero, ¿tú qué? No nos has contado nada.

Carolina volvió a inclinarse sobre la mesa e hizo un gesto con la mano para que se acercaran. Notando que un oficial se disponía a escuchar lo que decía, se volvió hacia él:

—¿Te es absolutamente necesario escuchar los detalles de un problema ginecológico? Si quieres, ¿por qué no te sientas con nosotras para tomar apuntes a gusto?

El oficial se alejó, sonrojado.

—Pues nada más les digo que me ando casando.

—¿Que qué? —dijo Susana, mientras Lorena escupía su café—. ¿Cómo? Pensé que habías terminado con Arturo cuando se fue a Washington.

—Y así fue. Pero no me ha dejado en paz. Me busca a toda hora. Me manda flores. Si no estoy en casa, habla con alguno de mis hijos para caerles bien.

—¿Y luego? —Lorena se había recuperado de su ataque de tos y le brillaban los ojos.

—Y luego vino hace dos semanas, y pidió mi mano.

—Así, ¿nada más? —Lorena estaba ya riéndose como una niña.

—Así, nada más. Así que pedí mi baja al general Porfirio; ya está en trámite en la Defensa Nacional. En cuanto me la den, me voy con los niños a Washington.

—O sea, ¿aceptaste? —Susana tenía unas dudas muy graves—. ¿Con todo y que supiste que te ha puesto los cuernos?

—Ah, ¿te refieres a lo de Taña? —Susana asintió con la cabeza—. Tengo mis dudas al respecto, ¿pero quién soy yo para juzgarlo? Yo también tuve "una noche de copas; una noche loca," ¿no?

Lorena estaba feliz ante la noticia de su amiga, pero Susana se limitó a sacudir la cabeza.

—No sé, amiga. Lo que más deseo en el mundo es que seas muy feliz, pero ese tipo simplemente no me entra. Por muy presidenciable que sea, me da la impresión que te va a lastimar.

Carolina la miró.

—Gracias por tus buenos deseos.

Susana se incorporó e hizo su mayor esfuerzo para mostrarse alegre ante el casamiento de Carolina.

—Son mis mejores deseos, Carolina. Te lo digo de corazón.

En ese momento, se les acercó un oficial de la policía capitalina.

—Señora Lorena, ¿puedo hablar con usted un momento? —le dijo, agachándose hacia ella.

Lorena se volvió hacia él, molesta por la interrupción.

—¿No puede esperar? Estoy desayunando con mis amigas.

—No, Señora. Es urgente.

Lorena se puso de pie desagradada, siguió al policía a un rincón alejado del personal del Estado Mayor.

Susana y Carolina los observaron, pero lo único que pudieron escuchar fue una exclamación de parte de Lorena, tras escuchar las palabras del oficial.

Momentos después, Lorena regresó a la mesa y se sentó. Su semblante era pálido y lívido, parecía que estaba a punto de llorar.

—¿Qué pasa? —le preguntó Susana mientras Carolina tomaba su mano entre las suyas.

—No pasa nada —les dijo Lorena, pero sus lágrimas la delataban.

Carolina se puso de pie, tirando de la mano de Lorena. El policía se había retirado.

—Vamos al baño. Ahí podemos hablar. Y ponte alegre para que nadie sospeche nada.

Primero, Lorena y Carolina se encaminaron al baño, platicando como si nada sucediera; las siguió Susana, fingía que limpiaba alguna mancha en la manga de su uniforme.

Ya en el baño las tres, Carolina revisó todos los cubículos y alrededor de los servicios para estar segura de que no hubiera nadie, ni física ni electrónicamente.

—Parece que estamos solas, pero quién sabe por cuánto tiempo. Ahora sí, Lorena, ¿qué sucede?

Lorena había dado vuelo libre a sus lágrimas y sollozaba desconsoladamente.

—¡Es que tienen a mi hijo!

—¿Cómo? —las dos amigas respondieron al mismo tiempo, alarmadas—. ¿Quiénes? ¿Cómo?

—¡El cabrón de Arnulfo!

—No entiendo nada —dijo Carolina—, es que pensé que todo estaba de maravilla entre ustedes.

—Y lo está —se incorporó un poco para calmar sus nervios—. No sé exactamente qué es lo que va a pasar, pero Sánchez dijo que Santos del Alba va a lanzar una bomba en el informe que va a emputar al mundo entero.

—Con razón están tan misteriosos todos los oficiales —Susana se enojaba más con cada revelación.

—Sí, pero Sánchez no me dijo qué tipo de bomba. Sin embargo, es algo muy, pero muy gordo, y temen que puede haber un atentado.

—¿De parte de quién o quiénes? —Carolina había estado presente en por lo menos diez atentados durante sus años al servicio del Presidente, así que no le asustaba el concepto, sino de dónde pudiera venir un atentado.

—Tampoco me lo dijo Sánchez —dijo Lorena—, pero el hecho es que el muy cabrón de Arnulfo tiene a mi hijo, junto al suyo, en el Sabre sobre la pista de despegue. En cuanto empiecen las broncas, Sánchez tiene órdenes de llevarme al aeropuerto. Tienen nuestros pasaportes, se supone que Arnulfo nos alcanzará en el avión.

—Eso es ridículo —escupió Susana—. Arnulfo no abandonaría al presidente Santos del Alba, pase lo que pase. Son amigos desde la infancia.

—Ya sé —dijo Lorena—. Nada de esto tiene sentido.

Carolina se detuvo de repente, con la mano en el aire.

—¡Momento! —les dijo, al recordar un informe que había pasado por su escritorio esa mañana. No había prestado la menor atención a la nota, pero ahora le hacía más sentido—. Cuando llegaron de Acapulco, ¿a cuál hangar fueron? ¿Al hangar de la policía? ¿A dónde?

—Al hangar presidencial —explicó Lorena—. Arnulfo dijo que en honor de una linda Chica de Palacio, me iban a dejar en casa.

—Y ahora bien, amiga, has memoria. ¿Viste algo diferente en el hangar?

—¿Cómo qué? No entiendo.

—Algo diferente. Ya sabes. Has estado en ese hangar veinte mil veces. ¿Entró el avión hasta el interior del hangar?

—Sí.

—¿Cerraron la puerta tras el avión?

—Sí.

—Las luces estaban prendidas cuando bajaste del avión, ¿no?

—Sí.

Carolina cerró los ojos para hacer memoria.

—Cierra los ojos, y escucha. Has memoria.

Lorena cerró los ojos.

—A tu derecha —siguió Carolina—, hay un estante con una bola de aparatos electrónicos. A tu izquierda está la puerta. ¿De acuerdo?

—De acuerdo.

—Justo en frente de ti está el TP01; el Jumbo. ¿De acuerdo?

—No, no estaba ahí. El Sabre era el único avión en el hangar.

Carolina asintió con la cabeza.

—Y en donde normalmente está estacionado el 01, ¿qué había?

Lorena abrió los ojos grandemente.

—Unas cajas.

—¿Qué tipo de cajas?

Carolina ya se imaginaba cuáles eran, por otro informe que había pasado por su escritorio esa mañana, pero quería una verificación.

—Eran como las cajas que siempre te llevan a la habitación cuando estamos de gira.

—¿Las cajas archiveras?

—Sí.

—¿Como cuántas eran?

—No sé... probablemente unas veinte cajas. ¿Por qué?

Carolina ya tenía los ojos abiertos, les sonreía.

—Porque eso quiere decir que Arnulfo no está abandonando al Santos del Alba, Lorena. Lo está ayudando.

Lorena y Susana no comprendían nada.

—Pero si es así, ¿por qué tanto misterio?

—Eso lo sabremos durante el informe —dijo Carolina, y tomó a sus dos amigas por el brazo—. Pero no te preocupes por tu hijito, Lorena. Está en buenas manos. Te lo prometo.

Carolina analizaba su descubrimiento mientras escuchaba el informe. Por primera vez comenzaba a comprender la extraña amistad de Santos del Alba con el criminal que se disfrazaba como jefe la policía.

Esa noche, entre los brazos de Arnulfo, Lorena lloró desconsoladamente, a pesar de las palabras de Carolina sólo le habían ayudado a ocultar su histeria durante el Informe.

El presidente Santos del Alba reventó su bomba aproximadamente a la mitad del informe, cuando, ante el asombro del mundo entero, había nacionalizado todas las instituciones financieras del país. Había llamado traidores a la patria a los banqueros, financieros y ciudadanos mexicanos por participar en la fuga de capitales.

Varios diputados, senadores e invitados del mundo financiero se levantaron y se retiraron sin esperar el final del informe, furiosos ante la decisión del Presidente. Sin embargo, el presidente Santos del Alba mantuvo firme su propósito de parar en seco la fuga de capitales del país.

Afortunadamente, el informe pasó sin incidente, al igual que la recepción en Palacio Nacional. Todo el personal del

Estado Mayor estaba extremadamente alerta, pero no hubo ningún problema.

Las felicitaciones al Presidente parecían más sinceras que nunca y, aparte de la ausencia de la oposición política y de los financieros del país, el día pasó como cualquier otro informe presidencial: sin novedad.

Cuando se retiró el Presidente de Palacio Nacional, Lorena había corrido al encuentro de Sánchez, quien la llevó a su casa. Ahí la estaba esperando Arnulfo, con su hijo.

Ese día había marcado el principio del fin del reino dorado del Gordo Mendoza. Al terminar el sexenio del presidente Santos del Alba, su sucesor acusó a Arnulfo de peculado, el exjefe de la policía capitalina tuvo que darse a la fuga.

Antes de su huida, traspasó todas sus propiedades a nombre de Lorena, menos la residencia en el sur de la ciudad donde vivía su legítima esposa con su hijo. Sus cuentas bancarias e inversiones en el extranjero también pasaron a nombre de Lorena y sólo ella sabría a donde enviar las remesas que Arnulfo requeriría en el exilio.

Fue una responsabilidad muy pesada para Lorena. Administró los bienes durante tres años mientras su amante corría de país en país con diferentes pasaportes e identidades.

Pero en el cuarto año del nuevo sexenio, Arnulfo fue detenido en Nueva York, en el momento que intentaba salir a Costa Rica.

Lo extraditaron a México donde pasó casi cinco años en la penitenciaría federal. Lorena lo visitaba una vez por semana, fiel hasta en el pensamiento. Durante su condena murió su esposa y Lorena tuvo que hacer los arreglos funerarios de la señora.

En esa época, especialmente después de la muerte de la esposa de Arnulfo, Lorena y Arnulfo chico entablaron una buena amistad. Después de todo, Lorena había sido su maestra y siempre le había guardado cariño. Arnulfo chico se había convertido en mentor y amigo de Franco, su hijo, y, de alguna manera, habían formado su propia, aunque extraña, familia.

Al salir el Gordo Mendoza de la cárcel, Lorena aceptó casarse con él, y vivieron los últimos años de la vida de Arnulfo como parias sociales y políticos. Por el peculado, la mayor parte de los bienes del expolicía estaban congelados, pero mientras llegara el fallo jurídico, podían hacer uso, por lo menos, de las casas.

Tras la muerte de Arnulfo, la Procuraduría General de la República se adjudicó todos los bienes con la excepción de la casa de Lorena que jamás se había escriturado al nombre de Arnulfo, por lo que no investigaron la procedencia de los fondos de construcción.

A pesar de la insistencia de los abogados de Lorena que las propiedades se liberarían algún día, hasta la fecha el único dinero librado en México había sido pagado directamente a los abogados.

Al llegar a su casa, la sirvienta la esperaba con un recado urgente: que llamara a Taña. Arnulfo chico la miró extrañada.

—¿A poco conoces a Taña Monteblanco?

—Sí, hijito. Somos viejas amigas del Estado Mayor. La vi unos momentos, nada más, en el sepelio de Santos del Alba, pero parecía circo con la prensa y la gente, así que apenas pudimos hablar. Me imagino que ya está más calmada, espero verla en estos días.

—Bueno, Lorena, creo que mejor me retiro. Quedé de pasar por mi mujer a la casa de Franco.

—Qué bueno, hijo. Dile que le llamaré mañana, por favor. ¿Qué hace Cristina allá? —trató de hacer memoria, pero no recordaba ningún cumpleaños de los nietos por lo que pudieran estar reunidos todos en la casa de su hijo.

—Visitando a las estrellas, nada más. Laura y Cristina se llevan muy bien, y a Arnulfito le fascina jugar con las niñas.

Lorena hizo una mueca de terror al pensar en sus dos nietas jugando con el pequeño hijo de Arnulfo. Las gemelas, de seis años, solían jugar con el pequeñito de dos años como si fuera un muñeco que podían vestir, pintar, peinar y aventar a los rincones de su recámara si se atrevía a quejarse.

—¡Dios lo libre! ¿Te das cuenta de que jugar con ellas raya en la tortura para tu hijito?

—Sí, pero le gusta. No cabe duda que es mi hijo, somos hijos de la mala vida. Su madre lleva diez años torturándome, y me encanta.

—Bueno, hijito... gracias por ir por mí al aeropuerto. No era necesario, pero me encantó pasar un rato contigo.

—No hay de qué, Lorena. Franco habría ido personalmente, pero estaba con unos clientes de Francia, y no pudo deshacerse de ellos a tiempo.

Tras despedir a su hijastro, Lorena se dirigió a su estudio, cerró la puerta tras ella. Se quitó los zapatos que le apretaban por la hinchazón que le había provocado el vuelo.

Atravesó el cuarto a su escritorio, para revisar los sobres

que su secretaria había dejado en montes pequeños, marcados con notas que catalogaban el contenido como urgente o no.

Los apartó del centro de su escritorio para buscar el número privado de Taña en su agenda.

Taña contestó a la primera, con una voz soñolienta.

—¿Taña? ¿Te desperté? Soy Lorena.

—No, amiga, estaba leyendo, nada más. Te llamé ayer, pero la sirvienta me dijo que estabas en Europa. ¿Cómo te fue?

—Bien, amiga, pero llegué cansada. No cabe duda de que no es lo mismo Los tres mosqueteros que veinte años después.

Luego de un breve silencio, Taña respondió de manera triste.

—Y de eso se trata mi llamada, Lorena. Efectivamente, ya somos escasos tres mosqueteros. Una de las Chicas de Palacio se nos adelantó.

Lorena se enderezó en la silla, armándose de valor para una mala noticia.

—¿Cómo? ¿Qué pasó? ¿Quién?

—Es Carolina, Lorena. Murió en España hace diez días.

—Pero, ¿cómo? Si ella era la más chica de todas... ¿Tuvo un accidente? —no trató siquiera de controlar sus lágrimas. Tomó un pañuelo del cajón de su escritorio y esperó la explicación mientras se limpiaba los ojos.

—No está muy claro, pero pronto sabremos, amiga. Creo que tuvo un infarto, pero el hecho es que, por instrucciones de ella, nos han enviado sus cenizas y un paquete que es nuestro legado.

—¿Nuestro legado? ¿Qué hay en la caja? No entiendo.

—Yo tampoco, Lorena, porque no he abierto la caja, y no lo voy a hacer hasta que estemos las tres juntas. Así lo ha pedido Carolina en su carta.

—¿Ya avisaste a Susana?

—He dejado dos mensajes, pero aún no me devuelve la llamada. Su secretaria me dijo que está en Nueva York, en no sé qué conferencia en las Naciones Unidas, y que de Nueva York venía a México. Dice que tiene mi mensaje y que me llamará en cuanto llegue mañana.

Lorena seguía perpleja.

—Oye, Taña. No acabo de comprender todo esto. Se supone que ya estaba casada. ¿Dónde está su marido? ¿No sería más lógico que él se dispusiera de sus cenizas? ¿Por qué nosotras?

—No sé, yo sólo sé que esa mujer jamás daba paso sin huarache. Por algo lo quiso así, y hay que respetar sus deseos, ¿no?

—Por supuesto que sí, pero sigo sin entenderlo.

—Yo tampoco, pero ni modo. Voy a tratar de citar a Susana para pasado mañana, si tú puedes entonces. Qué tal si nos juntamos en mi casa el martes, después de la comida, ¿como por ahí de las cinco de la tarde?

—Si Susana puede, yo estoy puestísima. ¿Qué te llevo?

—Nada, hasta eso está en la carta. Tendré todo aquí.

—Entonces, me llamas para confirmar, ¿por si Susana no puede? ¿Quién sabe si la señora embajadora pueda disponer de su tiempo...?

—Te aseguro que lo hará, quería mucho a Carolina, igual que nosotras. Yo te avisaré si por algo no puede, pero si no te llamo, entonces nos vemos en mi casa pasado mañana a las cinco. ¿De acuerdo?

—De acuerdo. Y, Taña...

—¿Sí?

—Las he extrañado mucho.

—Yo también, amiga. Pero esto de Carolina nos sirve de lección. Tenemos que vernos más seguido. ¿Quién iba a decir que... pudiera pasar algo así?

—Así es, Taña. Te mando un beso, y nos vemos el martes.

Tras colgar el teléfono, Lorena se levantó, atravesó el estudio hasta el librero, tomó un álbum fotográfico y lo abrió, no antes de servirse una copa de coñac.

Pasó el resto de la tarde a solas en el sofá, mirando cada foto que tenía de las cuatro en diferentes servicios presidenciales durante aquellos años que ahora sólo parecían un sueño.

Capítulo 11

Susana

Susana miró por la ventanilla del avión al pasar cerca del Popocatepetl y, en la oscuridad de la noche, pudo ver claramente el resplandor que provenía del cráter.

Se enderezó, ansiosa de mirar al espectáculo que siempre la maravillaba al llegar a casa: la vista de la Ciudad de México de noche.

Alguna vez un coronel de la Fuerza Aérea Mexicana a cargo del transporte presidencial le había comentado que en todas las ciudades donde había aterrizado —y había aterrizado en casi todas, dado el servicio que le había tocado como piloto—, no había panorama que se aproximara a la vista del Valle de México.

Para el gusto de Susana, era la pura verdad.

Al tocar tierra, Susana sacó su teléfono celular, esperando a que el capitán diera su último mensaje a los pasajeros para marcar a Taña. Intuía que algo andaba muy mal, quería reportarse a la brevedad posible.

Quiso llamarle desde Nueva York pero, después de la conferencia a que asistió, salió a cenar con unos colegas de la delegación mexicana y llegó al hotel demasiado tarde para llamar.

Al escuchar las palabras del capitán cuando el avión se paraba, marcó el número de Taña. Eran casi las diez de la noche y temía despertarla, pero tampoco iba a esperar al otro día para llamar.

Taña contestó al primer timbrazo.

—¿Bueno?

—¿Taña? Soy Susana. ¿Cómo estás, amiga? No sabes cuánto siento que no pude venir al sepelio de don Juan Ignacio. Por más que traté, no pude zafarme.

—No hay cuidado, Susana, comprendí perfectamente. Pero recibimos tus mensajes y la corona floral, y tanto yo como mis hijos te lo agradecemos mucho, amiga. Escucho mucho ruido de fondo. ¿Dónde estás?

—Todavía estoy en el avión, pero no quise esperar más para llamar, por no despertarte. Me dijeron que había un asunto muy urgente que querías hablar conmigo. ¿Qué sucede?

Taña titubeó un momento, tratando de decidir si le daba la noticia a Susana por teléfono, o si sería mejor pedir que fuera a su casa el día siguiente para darle la noticia entonces. Tras pensarlo de nuevo, decidió que no sería justo no decírselo.

—Susana, te tengo una mala noticia. Se trata de Carolina.

—¿Carolina? ¿Qué le pasa? —en ese momento, Susana sintió una gran culpabilidad porque no había contestado su última carta—. No he contestado la carta que me envió en Navidad con su tarjeta porque me dijo que viajaba con su marido en España.

—Sí, Susana, pero ya se nos fue. Murió la semana antepasada, en Madrid.

—Ay, Taña, cómo lo siento, de verdad.

Susana tenía muchas ganas de llorar, pero tuvo que controlarse. No sería aceptable que la señora embajadora de México en Estados Unidos bajara del avión llorando. Quién sabe cuántos reporteros podrían estarla esperando. De haberles avisado en qué vuelo llegaba, sus hijos también la habrían esperado.

—¿Susana? ¿Estás ahí?

—Sí, perdón, Taña, la noticia me ha caído como bomba.

—Mira, no te quiero quitar mucho tiempo porque sé que tienes pasar por migración y aduanas, pero tengo que pedirte un favor, de parte de Carolina.

—Lo que sea, Taña, cuenta conmigo.

—Necesito que vengas a mi casa mañana a las cinco de la tarde. ¿Podrás? Es muy importante, o no te lo pediría.

—Claro que sí. Cuenta conmigo —en ese momento abrieron la puerta del avión, y los demás pasajeros de primera clase estaban ya desembarcando—. Mira, mañana me explicas, tengo que colgar. Y, ¿Taña?

—¿Sí?

—Gracias, amiga, te quiero mucho.

—Yo también. Nos vemos mañana.

Al salir por las puertas de la aduana a las salas principales del aeropuerto, Susana buscó a su chofer. Finalmente, lo encontró. Alzaba un letrero con su nombre, con una gran sonrisa. Susana sintió punzadas de culpabilidad al pensar en la edad avanzada de su chofer porque trabajaba tanto como lo hacía de joven.

—Don Memo, ¡qué gusto de verlo! ¿Cómo está?

—Bien, a Dios gracias, Señora —el anciano se adelantó para tomar las maletas de Susana, lo que ella permitió a pesar de la fragilidad de su empleado, por temor a ofenderlo—. A usted la veo muy repuestita, Señora —agregó.

—Gracias, don Memo —dijo Susana entre dientes. "Eso

quiere decir que me veo horriblemente gorda," pensó. Siempre que alguien le decía que estaba repuesta, sabía que querían decir que estaba pasada de peso.

Había luchado con la obesidad toda la vida, pero al paso de los años, le costaba más trabajo mantener su figura esbelta.

Siguió al anciano afuera del aeropuerto, y salvo uno que otro fotógrafo que le sacó unas cuantas fotos, nadie la molestó.

"¿Estaré tan gorda que nadie me reconoce?", pensó, pero borró sus pensamientos al acercarse al coche, porque su hijo mayor la esperaba ahí. El hombre se tapaba la boca con un dedo, un aviso silencioso para que no hiciera ruido.

Tras darle un abrazo a su hijo, David, se asomó al asiento trasero de la limosina. Ahí estaba su nieto de ocho años, con su nietecita recién nacida en brazos. No pudo contener una exclamación de gusto y la pequeña se movió violentamente como si fuera a despertarse.

Susana se metió al vehículo, se sentó junto a Davidcito, quien le pasó a la niña.

—Hola, abue —le dijo el niño con un beso en la mejilla—, te traje un regalito.

—Hola, mi cielo —dijo al devolver el beso a su nieto más consentido, para abrazar a la pequeña criatura contra su pecho mientras su hijo subía al coche—. Está preciosa, David. ¿Cómo es que no me avisaste que había nacido? Debería estar furiosa contigo, pero no puedo, ¡porque me has traído la cosita más preciosa del mundo!

David le sonrió.

—Ay, ma, no tenía caso decirte nada porque sólo habrías venido corriendo para nada. Nicole está perfectamente bien y, como puedes ver, tu nieta también. Nada podías haber hecho si hubieras venido. Así la conoces de tres días de nacida en lugar de tres minutos. Créeme que es lo mismo: te prometo que no ha cambiado.

Susana miró cariñosamente a su pequeña nieta: la primera mujercita después de cinco nietos. Era hermosa y a Susana se le hinchaba el corazón.

—¿Cómo se llama? —le preguntó a David.

—Susana, como su abuela.

Susana no pudo contener las lágrimas de felicidad, pero cuando comenzaron a derramarse, todas las que había contenido durante la conversación con Taña también cayeron. Tuvo que pasar a su pequeña nieta a su papá para no mojarla.

La bebita seguía dormida y no se dio cuenta.

—Oye, mamá, como que andas muy sentimental, ¿no?

—Sí, hijo... perdón. Es que acabo de recibir una noticia muy triste.

—¿Qué pasa? ¿Puedo ayudar en algo?

—No, hijito, gracias. Se trata de una vieja amiga mía, alguien a quién quise mucho. Me acaban de avisar que murió. A lo mejor te acuerdas de ella, durante mis años en la presidencia. ¿Te acuerdas de Carolina?

—¡Por supuesto! Lindísima mujer, cómo la recuerdo. Y tenía una hijita chulísima, ¿verdad?

—Ay, hijito, no cabe duda que jamás cambiarás. Sí, tenía una hija unos cuatro o cinco años más chica que tú. Lo último que supe de ella es que estaba casada y vivía en Estados Unidos.

—¿Ya ves? Todas las buenas se casan con gringos. Y nosotros los mexicanos tenemos que importar producto del extranjero.

Se refería a su esposa, Nicole, de nacionalidad francesa.

Susana se rió.

David se asomó con don Memo, y le dijo que los llevara a su casa en Las Lomas. Susana se acomodó en el asiento para conversar con su hijo y su nieto durante el paseo a la casa de su hijo, no sin notar los cambios en su ciudad. Al pasar del Viaducto al Periférico, se asombró al encontrar la autopista de dos pisos.

—Pero, ¿qué es eso? —le preguntó a David.

—Es el segundo piso del periférico, y parece que está cumpliendo con su propósito de reducir el tráfico en la ciudad.

—Puede ser, pero yo no me subo ahí ni aunque me paguen.

Al atravesar por la tercera sección de Chapultepec para llegar a la casa de David en Lomas Virreyes, Susana hizo una mueca de disgusto.

—¿Cuándo van a dejar de dar permisos de construcción en Chapultepec? Es un crimen contra la naturaleza talar los mismos pulmones de la ciudad para construir estos monumentos al mal gusto.

David se limitó a sonreír, pero no dijo nada. Sabía que durante los primeros dos o tres días en la ciudad su madre se quejaría de todo y de todos, pero después pasaría a la misma apatía que sentían los demás citadinos.

Momentos más tarde llegaron a la casa de David, quién se dispuso a bajar del vehículo. Susana no se movió.

—Ma, ¿no vienes? —la voz de David se mostró lastimada, David chico tiraba del brazo de Susana. Ella lo jaló hacia ella y le dio un beso.

—No, David. Vayan ustedes. Estoy muy cansada, y necesito hacer mil cosas antes de mi junta con el señor presidente mañana. Además, Nicole está en plena recuperación y hay que respetar su cuarentena, por lo menos —notó la desilusión en la expresión de David, y le sonrió—. Vengo en un par de días cuando Nicole se esté sintiendo mejor y platicaremos, hijito —le jaló la mano—. Ahora dame un beso y vete con tu mujer... ¡Ándale!

Al dar la vuelta hacia Paseo de la Reforma, don Memo le preguntó:

—¿Donde siempre, Señora? —preguntó el chofer, sabedor de que el primer deber de Susana al regresar a México, independientemente de la hora, era reportarse con su mentor político.

—Sí don Memo, donde siempre.

Media hora más tarde, el anciano detuvo la limosina frente a una reja de hierro forjado en San Jerónimo Lídice, tocó el claxon. La reja se abrió y la limosina pasó al interior de los jardines de la mansión. Al fondo, se detuvo frente a una escalinata regia que subía a otra reja que daba a un jardín interior de una construcción que se parecía a las viejas haciendas restauradas de provincia.

Pero esta hacienda no era antigua, ni servía como centro de convenciones. Esta hacienda, construida en la década de los sesenta, pertenecía al expresidente más influyente de México.

Un oficial del Estado Mayor Presidencial corrió a abrirle la portezuela del carro, extendió la mano para ayudar a Susana a bajar.

—Señora Embajadora, qué gusto de verla. El señor presidente no la esperaba, pero seguramente le agradará mucho su visita.

—Gracias, Coronel, pero el gusto es mío. Espero no haber llegado en un momento inoportuno, pero me urge hablar brevemente con el señor presidente.

—Para usted, ningún momento es inoportuno. Pase usted, por favor.

Susana siguió al Coronel hacia los jardines interiores. La noche había refrescado un poco, pero después de los calores insoportables y húmedos de Washington y Nueva York, a Susana le agradó mucho la brisa. Se dirigió al agrupamiento de muebles de mimbre donde siempre se sentaba a platicar con su mentor.

—Si no le importa, Coronel, quisiera esperar al señor presidente aquí. Siento tan rica la noche y el jardín me es tan sereno, que quisiera gozarlo unos momentos a solas mientras baja el señor.

—Por supuesto, señora embajadora. ¿No gusta alguna bebida? ¿Un café?

—Me encantaría un cafecito, Coronel, si no es mucha molestia. No tiene usted idea de cómo extraño el café mexicano, pero extraño aún más... —giró en un círculo con la mano extendida—, pues todo esto. Ustedes que tienen el privilegio de vivir aquí, ¡no saben qué paraíso tienen!

El coronel Gordillo le sonrió, satisfecho.

—Está usted en su humilde casa, señora embajadora. Y si me permite, le enviaré su café mientras aviso al señor presidente de su llegada. Seguramente le dará mucho gusto.

—Gracias, Coronel, no hay ninguna prisa, estoy muy a gusto aquí.

Al retirarse el militar hacia el interior de la hacienda, Susana atravesó el enorme patio para sentarse en su sillón favorito. Era acojinado, cómodo, y el pie de la silla se levantaba como reposet.

Alzó los pies con la palanca en el descansabrazos del sillón, y se estiró. Se sentía como parte de la naturaleza que le rodeaba.

Sus pensamientos la llevaron a una tarde hacía quince años, cuando se había armado de valor para venir a este mismo lugar acompañada de Carolina para visitar al expresidente, considerado como el hombre más poderoso de México.

Carolina había insistido en que se sentaran en el jardín para conversar con el señor presidente esa tarde, por temor a que pudiera haber algún aparato electrónico o grabadora en el interior de la residencia y, desde entonces, Susana siempre había preferido el jardín a la casa.

"Ay, Carolina... —pensó—. Cómo me haces falta hoy."

La noticia que tenía que darle al expresidente de México no era precisamente buena, pero tampoco muy mala.

Desde su visita con Carolina a la residencia, Susana había comprendido el concepto de *valores entendidos*, pero jamás se habían sentido tan apta como su amiga en manipular la información que movía al mundo. Había pensado muchas veces que Carolina habría sido la mejor elección para ser embajadora de México en cualquier parte del mundo, pero Carolina nunca quiso otro cargo ni político ni diplomático después de su partida a Washington cuando se iba a casar con Arturo Durango.

Carolina se había ido de México llena de ilusiones, como cualquier enamorada que iba al encuentro de su futuro marido. Las Chicas de Palacio se reunieron varios días antes de su partida en casa de Carolina para brindarle una pequeña despedida de soltera, brindando por la felicidad con sus acostumbrados *mai-tais santosalbanistas*.

—Por Carolina —había dicho Lorena—. ¡Qué hoy sea el día menos feliz del resto de tu vida!

Las mujeres chocaron copas en el brindis y, pasaron de la tarde platicando de los logros alcanzados, El pacto de Cozumel era una realidad.

La despedida ocurrió menos de una semana después de la reunión que habían sostenido con el expresidente en esos mismos jardines, Susana se estremeció al recordar su estado nervioso aquél día.

El pacto en Cozumel fue muy sencillo: un paso natural después del descubrimiento de Carolina. Después del exceso de copas que tomaron en la suite de Santos del Alba, llevaron una canasta de botanas y bebidas a la playa. Carolina les explicó en detalle lo que había descubierto, comprobado durante sus años al servicio del Estado Mayor Presidencial. Sus palabras se quedaron grabadas en la memoria de Susana y de las otras mujeres:

"El verdadero poder en este mundo no tiene nada que ver con el poder económico. El poder económico facilita la manipulación de la información, pero por más dinero que tenga uno, no significa que tiene poder. El verdadero poder es el poder de vida o muerte: no estoy hablando de la muerte sólo física, sino de la muerte política, cultural, religiosa o existencial de los pueblos del mundo.

"Los conquistadores de los pueblos de nuestro continente

sólo pudieron derrotar a nuestros antepasados por medio de sus conocimientos, los cuales eran infinitamente superiores a nivel tecnológico. Ellos manipularon la información para convencer a los pueblos indígenas de que eran inferiores y, simplemente, tomaron el control de nuestras tierras. En cierta forma lo siguen haciendo hasta la fecha.

"La información y los conocimientos siempre serán más poderosos que el dinero. Nuestro amado México tiene un sitio privilegiado en el mundo: la política exterior de no-intervención es risible, porque intervenimos en todos los asuntos mundiales a nuestro santo antojo, porque ningún país del mundo goza de la confianza de todos los demás países como el nuestro.

"He observado, durante mis años en el Estado Mayor, cómo se usa la información que tiene México para moldear las decisiones de los grandes poderes mundiales de un modo, digamos, cómodo para los intereses de quien la posee. No digo para los intereses de México, porque realmente no es así. Los dueños de la información realmente creen —o así lo considero yo— que obran a favor del país, pero al tener semejante poder entre las manos, el tenedor no puede más que mezclar sus intereses personales con los del país. El poder a este nivel es el elemento más seductor y, ningún ser humano es inmune a su atracción. Es alentadora. Es la devoradora de las almas más puras.

"Nosotras tenemos mucho mas información de la que se imaginan. Estoy absolutamente convencida de que si compartimos toda la información que tenemos, podríamos ser las mujeres más poderosas del mundo.

"Pero tenemos que fijar metas exactas —sin perder de vista

nuestras metas personales— para que no nos devore el poder, como suele suceder a los hombres que lo han poseído antes y que lo poseerán después de nosotras."

En ese momento, las mujeres ya habían discutido sus verdaderos sueños. Carolina tenía alguna información que serviría a cada mujer para alcanzar sus metas personales.

Y, a través de los años que habían pasado, tanto Lorena como Susana y Taña habían alcanzado sus metas, gracias a las sugerencias de Carolina.

Todas sabían que Carolina guardaba una gran cantidad de documentos, diarios, grabaciones y videos, pero, por la seguridad de sus amigas, jamás reveló el paradero de la información que tenía.

Ahora estaba muerta.

Susana había decidido llevar la noticia al expresidente, aunque pudiera costarle todo si no lograba convencerlo de que poseía los documentos que Carolina había usado para ayudarla.

Ensimismada, Susana no se fijó cuando el ama de llaves le había servido su café. La mujer se retiraba, sin que Susana le agradeciera la atención. Se enderezó, puso los pies en el suelo para levantar la taza de café.

—Gracias, señora —le dijo a la sirvienta, que ya caminaba hacia el interior de la hacienda.

Tomó un poco del líquido caliente.

"Debería haber pedido un tequila, pensó, para calmarme los nervios. ¿Y si me manda al carajo?" Sin embargo, sabía que el señor no tenía esa opción, pero las dudas la invadían. Como si todavía fuera esa mujer joven que acudió a exigir la ayuda del expresidente hacía tantos años.

—¡Susana! — al escuchar la voz suave del expresidente, se puso de pie, colocó su tasa sobre el plato en la mesa—. ¡Qué gusto verte!

Susana lo abrazó cálidamente.

—Acabo de llegar en el avión de las diez, señor presidente, quise saludarlo antes que nada —le dijo, al besar la mejilla de su mentor.

Él le devolvió el beso y la tomó del brazo para llevarla a su silla. Ella se dejó guiar y se sentó. El señor se sentó en el otro sillón, frente a ella.

—Mándanos un tequilita, por favor, Coronel —le dijo al militar antes de inclinarse hacia adelante para tomar las manos de Susana entre las suyas—. Te noto un poco preocupada, Susana. ¿Acaso hubo problemas en tu reunión en Nueva York?

—No, señor presidente, no hubo ningún problema. Todo salió como usted ordenó.

El octogenario le sonrió, satisfecho. Sus facciones indígenas apenas mostraban el paso de los años. Su tez morena clara tenía algunas marcas de expresión, pero salvo esas arrugas, era lisa y saludable. Su porte era recto y erguido, cualquiera diría que era un hombre joven y fuerte de no saber que habían pasado treinta y cinco años desde su mandato.

—Entonces, ¿a qué debo el honor de tu visita? Me gustaría pensar que vienes porque has descubierto que estás perdidamente enamorada de mí, pero, a mis años, querida, me cuesta trabajo creer en los sueños de opio.

En ese momento su ama de llaves se acercó con una bandeja con dos caballitos y una botella de Centenario, la colocó sobre la mesa, retiró la taza de café que Susana no había tomado.

El presidente sirvió dos vinos, entregó uno a Susana, y alzando su caballito, ofreció un brindis a su invitada:

—Por las mujeres bonitas, inteligentes y más bravas que un toro. ¡Qué Dios me las conserve!

Era su brindis de toda la vida, pero Susana se rió de buena gana.

—Gracias, señor presidente, especialmente por la flor. A mi edad, pocas veces me dicen bonita.

—Ah, Susana, eres una mujer no sólo bonita, sino hermosa, porque tienes un ángel muy especial que siempre te conserva joven de espíritu. ¿Qué más puede desear un hombre que la juventud eterna?

Susana empezaba a pensar que su mentor ya sabía la noticia que le iba a dar, porque su insólita alegría le parecía sospechosa. Apartando la idea de la cabeza, decidió llegar al grano.

—No porque quisiera entristecerte el día, señor presidente, pero acabo de recibir una mala noticia.

El expresidente ya estaba llenando las copas de nuevo.

—Ah, sí. Terrible noticia. ¡Qué Dios la tenga en su Santa Gloria!

Susana empezó a temblar. ¿Es que habría algún suceso en el mundo entero del que no estaba enterado el viejo político?

—¿Cómo? A poco ya sabía de…

—¿Carolina? Por supuesto que sí, Susana. Trajeron sus cenizas a México hace dos días. Las tiene la viuda de mi viejo amigo, Santos del Alba, en paz descanse. Es una pena. Una verdadera pena, de verdad.

Susana conocía muy bien al expresidente. Sabía que cuando usaba las palabras verdadera y verdad en la misma oración, estaba mintiendo. Su mentor estaba feliz por la noticia. Susana se estremeció por segunda vez. Su temblor no pasó desapercibido para el viejo político.

—¿Tienes frío, Susana? Si quieres, podemos pasar a la sala.

—No, señor presidente. Creo que me impactó el recuerdo de la muerte de Carolina. Realmente no he tenido tiempo para procesarla y, en realidad, me duele mucho. Era una de mis mejores amigas.

—Sí, querida, de las mías también. La vamos a extrañar.

Susana se sintió muy mal en ese momento, sin poder distinguir si el malestar era físico o emotivo. Lo único que sabía a ciencia cierta era que, si no se escapaba del lugar que momentos antes le había parecido un paraíso, iba a vomitar o desmayarse.

Bebió rápidamente de la copa que le había tendido el expresidente, la colocó sobre la mesa con un golpe demasiado fuerte. Reconoció que los nervios la traicionaban, tuvo que luchar para no derramar las lágrimas que tenía sofocadas en su interior.

Se puso de pie lentamente, su mentor hizo lo mismo, con una gran sonrisa.

—Bueno, señor presidente, dado que no le he traído la novedad que pensé que le iba a traer, supongo que debo de retirarme a casa a descansar. Estoy realmente fatigada, y tengo que admitir que el tequila me ha mareado un poco.

El expresidente se mostró realmente alarmado. Le rodeó los hombros con un brazo y la apretó.

—Y te apuesto que no has comido nada, querida. ¿No

quieres que te mande a preparar algo?

—No, señor presidente, no es necesario. Creo que estoy más cansada que hambrienta, me vendría muy bien un baño caliente y la cama, pero gracias. De verdad, se lo agradezco.

El expresidente la encaminó por el jardín hasta la reja que daba a los jardines exteriores.

En cuanto Susana sintió el aire fresco del jardín exterior, se sintió mucho mejor. Se volvió hacia su mentor y le dio un abrazo sentido.

—Gracias por recibirme, señor presidente —le dijo.

—Ya nos juntaremos a finales de la semana para ver cómo proceder —le dijo, y Susana sintió que temblaba otra vez—. Qué pena, verdaderamente.

—Claro que sí, señor —le respondió, y luego se subió al coche por la puerta que sostenía don Memo.

Durante el corto camino a su casa, Susana se calmó y sus nervios se convirtieron en furia.

Ya era más que obvio: el viejo cabrón más poderoso del país estaba gozando la muerte de su amiga.

Seguramente pensaba que con su muerte había dejado de existir toda la evidencia que Carolina tenía guardada en algún lugar que desconocían sus cómplices en el juego de poder. Jamás les había dicho donde estaba la información, por seguridad. Susana nunca había visto los documentos. Sólo sabía que tenían que ver con la masacre de 1968 en Tlatelolco, y que era algo tan gordo que podría afectar la soberanía del país. Nunca quiso saber más.

Pero, ¿cómo sabía el viejo que ya no existía la evidencia? ¿Acaso tuvo que ver en la muerte de Carolina? Susana estaba temblando tanto al bajar de la limosina al llegar a casa que tuvo que sostenerse con la ayuda de su chofer para subir las escaleras a la entrada.

Al entrar en la sala, don Memo fue en busca de su ama de llaves, después de ayudarla a sentarse.

Susana se ensimismó: temía que la muerte de Carolina no fuera tan natural como se la habían pintado; temía de convertirse en títere del expresidente de México justo en la mejor etapa de su carrera diplomática; tenía miedo a todo.

Apareció Guadalupe, su ama de llaves. Apartó todo pensamiento de la mente.

—Buenas noches, señora. ¿No desea algo de comer? ¿De tomar?

Susana le sonrió, decidió aceptar las atenciones de su empleada.

—Buenas noches, Guadalupe. Me da gusto verla. Y, sí, creo que debo comer algo, pero en mi recámara. Por favor, que me preparan algo sencillo: unos huevos revueltos y pan tostado estaría bien. Creo que voy a relajarme en el jacuzzi, cenar en cama y ver la tele un rato antes de dormirme.

—Muy bien, señora. Voy a disponer de su cena con la cocinera, y le prepararé el baño. ¿No quiere que desempaque sus cosas?

—No, Guadalupe. No se moleste. Podemos hacerlo juntas en la mañana, con más calma. Pero, gracias.

Deseó las buenas noches a sus empleados. Caminando a su recámara, se sintió como una anciana de cien años muy bien corridos.

Tal vez no fuera tan malo que se acabara su carrera. Después de todo, había recorrido el mundo como embajadora de México: había vivido en Francia, Alemania, Bélgica, España, y ahora estaba en la cúspide de su carrera diplomática: era embajadora de México en Estados Unidos.

En cierta forma, era un buen momento para jubilarse: en la cima.

Capítulo 12

—¡Salud! —Taña alzó su mai-tai *Santosalbanista* en el aire—. ¡Por las Chicas de Palacio!

—¡Salud! —dijo Lorena, y agregó— ¡Por Carolina!

—¡Salud! —dijo Susana— ¡Qué su espíritu viva siempre en nosotras!

Las tres mujeres acababan de entrar al estudio de Taña. Las esperaba una réplica de la mesa donde originalmente habían comenzado a formular su pacto: dos botellas de ron Havana Club, conga y botanas de caviar, ostiones ahumados, salmón ahumado, galletas y panes como aquél día.

Un televisor gigante cubría una pared del estudio. El lugar de Carolina estaba dispuesto a la cabecera de la mesa, con la urna que contenía sus cenizas en el centro, rodeada por tres cajas de mediano tamaño, marcadas con los números 1, 2 y 3, así como un DVD apoyado contra la propia urna.

Al sentarse las mujeres, Taña sacó la carta que le había entregado su cuñado.

La leyó y lloraron.

—Y ahora bien, creo que pondremos el DVD —anunció la anfitriona.

—¿No lo has visto? —preguntó Lorena—. Creo que yo me habría muerto de la curiosidad de ser tú.

—No, no la he visto. Ahora sabrán por qué.

Tomó el sobre del DVD, lo leyó en voz alta:

"Chicas, no se les ocurra ver esto hasta que estén las tres

juntas. Pueden pararlo en cualquier momento, pero al final se borrará automáticamente: sólo quedarán las fotos que salen al principio. Y por favor, no traten de grabarlo en otra cinta. Si lo he preparado así, es por su bien. Si esto cayera en otras manos, sería una desgracia. No sólo para nosotras, sino para nuestro amado México".

Lorena y Susana se quedaron estupefactas.

Taña se levantó, atravesó el cuarto. Abrió el reproductor de DVDs, y puso a grabar una videocassettera al mismo tiempo.

—Lo sé, lo sé —explicó a sus amigas—, pero con la demanda del pueblo de México, no podemos correr el riesgo de que se corte la luz o algo sin haber visto el DVD. Después, lo destruiremos.

Susana y Lorena asintieron con un gesto de cabeza, Taña volvió a tomar su asiento.

Prendió la grabación con el control remoto.

Sobre la pantalla negra del televisor, apareció el título de la última producción de Carolina: *Las Chicas de Palacio - Amigas Eternas*.

Lorena sollozó.

—Ay, Lorena, nunca cambiarás —dijo Susana, también llorando.

—Shhh —las calló Taña—, que está comenzando.

Primero apareció una larga serie de fotografías de las mujeres durante sus días en el Estado Mayor Presidencial: en Suiza, esquiando, en Nueva Delhi en el mercado de artesanías, en La Habana posando con el presidente Fidel Castro, en Londres, en el interior de la Abadía de Westminster, en el Vaticano; varias fotos en diferentes reuniones cumbre por todo el mundo posando con treinta o más diferentes jefes de

Estado.

Cuando pasó una foto de las cuatro, de bikini en un viaje de descanso en Acapulco, Lorena soltó una carcajada, y Taña paró la grabación.

—No cabe duda de que hace muchos kilos que no nos vemos así —dijo tristemente, y se rieron hasta que lloraron.

Llorarían mucho esa tarde.

Taña volvió a prender la grabación, y siguieron las fotos. La última fue de Lorena, Susana y Carolina de bikini y tomando cervezas en el jacuzzi de la suite de descanso en el Hotel Presidente de Cozumel durante la cumbre cuando se convirtieron en Las Chicas de Palacio.

Se terminaron las fotos. Después de una corta pausa, salió la imagen de Carolina sentada a un escritorio en lo que parecía ser una biblioteca.

Estaba sonriéndoles con la misma sonrisa traviesa que la identificara con ellas durante tantos años. Sus ojos brillaban con alegre picardía y, en esa pantalla gigante, parecía estar con sus amigas desde ultratumba.

—*Hola Chicas* —empezó, y las tres le contestaron. En el video, Carolina alzó su mai-tai *santosalbanista*, mientras señalaba con la otra mano hacia el escritorio que tenía el mismo surtido de botanas y bebidas que la mesa de Taña. Las tres mujeres también alzaron sus copas.

—*Primero un brindis... ¡A Las Chicas de Palacio!* —tomó de su copa, y la colocó sobre el escritorio. Las tres mujeres hicieron lo mismo, con un "salud" susurrado.

—*Les voy a contar por qué no me han visto durante varios años. Se acordarán de que un poco después del pacto, me fui a Washington para casarme con Arturo. Bueno, pues al estar ahí, me di cuenta de dos cosas: primero, que Arturo era un mujeriego incorregible que sólo me quería como trofeo para demostrarle al general Porfirio que él, por medio de su cuestionable encanto personal, podía mandar en el Estado Mayor Presidencial... no obstante que lo habían corrido por traidor. Y, segundo, porque descubrí un mundo tan asqueroso y manipulador dentro del Colegio Superior de Guerra gringo que decidí dedicarme el resto de mis días a acabar con el control extranjero sobre nuestro país, ya que peligraba, y aún peligra.*

—Ahora bien, se preguntarán por qué las he reunido desde ultratumba. No las voy a dejar comiendo ansias: no fue para contarles mis penas y alegrías, que no tienen importancia ante la magnitud de la tarea que les voy a encomendar.

—Hay tres cajas que envió Marcelo, mi marido, con mi urna... que a propósito, espero que la tengan ahí, porque quiero acompañarlas.

Se levantó y señaló a la caja número uno.

—Ésta es para ti, Taña. Tómala, por favor, y ábrela. Te espero.

Taña se levantó, tomó la caja que le correspondía, y la abrió. Había un paquete de fotocopias de documentos que se veían muy viejos: muchos tenían el sello de la Presidencia de la República, y muchos otros tenían los sellos de otras secretarías de Estado de la misma época. Taña los puso sobre la mesa. Carolina, como si la estuviera observando, siguió:

—Ahora bien, amiga, sé que estás pasando por momentos terriblemente espantosos. Todo lo que te ha dejado el amor de tu vida parece estar perdido por demandas de sus hijos y ahora por una demanda del pueblo de México, ¿verdad?

Susana y Lorena se volvieron hacia Taña con expresiones de asombro, y Taña asintió con la cabeza. Estaba llorando abiertamente, no le importaba compartir su pena.

—*Pues, ni creas que te voy a abandonar cuando más me nece-sitas. Para eso somos amigas, ¿no?* —hizo una pausa, y tomó un sorbo de su bebida—. *Bien. Ahora les tengo que contar algo que ocurrió durante el sexenio de Gallardo, sin que ustedes se enteraran.*

"*¿Se acuerdan cómo me pusieron en el despacho que había ocupado el hermano del general Porfirio? Bueno, ahí había una caja fuerte muy vieja. Estaba cerrada. Nadie tenía la combina-ción. La ignoré durante casi dos años, pero un día me ganó la curiosidad y, finalmente, traje a un viejo defendido mío que era cerrajero experto* —se rió traviesamente—. *Bueno, es un decir. Era criminal, pero muy talentoso y esclarecido, así que lo llevé a mi despacho, dando como explicación a los de seguridad en la entrada que era mi primo que no había visto en muchos años y que no quería que nos molestaran.*

—*En fin, el criminal logró abrir la caja fuerte y me dio la combinación. Luego lo llevé por donde entró y le pagué una pe-queña cantidad, para su rehabilitación social. Regresé a mi des-pacho y volví a abrir la caja fuerte. Ahí estaban los originales de los papeles que tienes en la mano, Taña.*

Taña estaba boquiabierta. Ya había hojeado los papeles lo suficiente para saber que eran copias de todas las facturas de la construcción del complejo presidencial en pleito. No lo-graba entender cómo le iba a ayudar, pero confiaba en Caro-lina.

—*Obviamente, no lo vas a entender de momento, Taña, pero ahí tienes la prueba de que tus propiedades no fueron construi-das con fondos del erario público como dicen en México. Al con-trario: tu marido recibió el terreno mucho antes de ser servidor público. Encontrarás ahí la escritura que rastrea la procedencia hasta los tiempos de la colonia. Tu marido iba a hacer un fraccionamiento residencial popular hace muchos años con un tal Arturo Pasos. El terreno era de la familia de Pasos, y en ese momento su familia tenía problemas económicos, así que Pasos traspasó el terreno a nombre de tu marido. No hubo consideración monetaria porque iban a ser socios en el fraccionamiento. Esto pasó más de veinte años antes de ser presidente. Además, Pasos murió de viejo mucho antes del sexenio.*

"Lo que también notarás es que todas las facturas de construcción, material, obras etc. vienen por medio de la Secretaría de Agricultura y Recursos Hidráulicos. Dan la procedencia exacta de cada centavo de la construcción, por concepto de un préstamo personal de parte del mismo Secretario de Agricultura y Recursos Hidráulicos. Como te acordarás, el profesor, en paz descanse, era posiblemente el hombre más rico del país. La procedencia de su dinero es intachable. Jamás se le ha puesto en tela de duda. Se rumora que sus hijos tienen nexos con el narcotráfico y demás crimen organizado, pero el viejo, en paz descanse, jamás se vio involucrado en nada chueco —Carolina se rió—, o mejor dicho, jamás se lo comprobaron.

Carolina se rió de nuevo, y terminó de su bebida. Se sirvió otro antes de seguir.

"Al final del paquete encontrarás dos facturas más, y son las más importantes: vienen anexas a dos escrituras que corresponden a una fábrica de jabón de renombre en las Islas Canarias, y a la finca de la familia Santos del Alba en Palma de Mallorca. Estas dos propiedades son de la familia de tu marido desde hace más de cien años, él se las escrituró al profesor para pagar la deuda. Pero encontrarás, al mero final del paquete, unas escritu-

ras firmadas apenas hace cinco años, o sea, más de diez años después del término del sexenio de tu marido. Son nuevas escrituras que mandó a hacer su viejo amigo, devolviéndole a tu marido sus propiedades. Hay una copia de la carta cubierta que mandó a tu marido desde España cuando hizo el traspaso. Dice que dado que los hijos de su primer matrimonio se quedarían con los negocios en México después de su muerte, él quería devolverle sus propiedades familiares en España para dejarlas a tus hijos, Taña. Por el testamento de tu marido, del cual tengo una copia, ha dejado todo su interés, título y poder sobre todos sus bienes en España a tus hijitos.

Taña estaba llorando a lágrima viva, sin poder contener la emoción. Mirando hacia la pantalla, dijo un *gracias* silencioso.

Como si la mirara en persona, Carolina dijo:

—*De nada, amiga, pero ahora sí, dile a tu cuñado que es un reverendo pendejo como abogado, y peor aún como amigo y hermano. Todos estos últimos documentos están registrados en el Registro Público de la Propiedad en México y en España. De haber hecho su trabajo, lo sabría. En cuanto a las facturas, el general Porfirio tiene las originales desde hace más de doce años. Son los documentos que encontré en la caja fuerte de mi despacho en Los Pinos, y los saqué clandestinamente de la presidencia. Con la excusa de ir a festejar el cumpleaños de mi excomandante como cortesía y en representación de mi nuevo comandante, llevé el paquete de documentos —no sin copiarlos primero, por supuesto— y se los entregué.*

"Pero no te molestes con él. No creo que lo haya hecho por malo, sino por pendejo. Se habrá preocupado tanto por lo del préstamo personal que piensa que jamás se pagó, ocultó todo el pape-

leo por temor a que alguno de los hijos del viejo amigo de tu marido fueran a tratar de embargar tus propiedades para pagar la deuda de Santos del Alba.

"En fin, ese es el legado que te he dejado, amiga. Espero que te traiga la paz que mereces. Ahora bien: yo no te voy a decir que Santos del Alba era una blanca paloma, o que jamás hizo una chuecura en su vida. Sería ridículo. Todas sabemos que tuvo sus ambiciones, como todo presidente, y que no se tentaba el corazón por los negocios sucios. Ganó muchos millones de dólares por medio de negocios muy sucios, pero eso sí, primero era abogado, y de los buenos. Supo separar las cosas de tal modo que jamás dejaría a su familia volando.

"Todo está en la información que uno tenga a la mano, y cómo la usa —dijo con una risa—. Pero no te preocupes, porque la información respecto a los negocios sucios se va a manejar de otro modo que no involucre a tu marido. Se usará para lograr ciertas metas, y nada más. Jamás será divulgada porque a nadie le conviene.

El DVD siguió en silencio mientras Carolina se servía otra copa y probaba algunas botanas. Las mujeres hicieron lo mismo. Taña había devuelto el papeleo a la caja que ahora abrazaba, con lágrimas en los ojos. Lorena y Susana estaban comiendo ansias en lugar de botanas, esperaba su turno.

Finalmente, Carolina tocó su copa con un cuchillo y se rió a la cámara.

—*Te toca a ti, Lorena, y lo tuyo es un poco más complicado: toma la caja número dos.*

Lorena tomó la caja marcada con el número dos, la abrió. Contenía otros papeles que se parecían a las fichas políticas que les llegaban antes de cumbres en aquellos años.

—*Sé que lo tuyo es bastante más complicado, pero escucha bien: tienes todas las de ganar. Y, Susana, pon atención, porque también tiene que ver contigo. Toma la caja número tres, les voy a explicar de qué se trata.*

Las dos mujeres intercambiaron miradas extrañadas, pero siguieron las indicaciones de Carolina, no sin servirse otra copa.

Carolina también se sirvió mientras canturreaba la canción de *Los Pitufos*. Con la copa en la mano, se volvió hacia la cámara.

—*Primero tú, Lorena: sé que tu camino ha sido, quizás, el más difícil de todos, porque por mucho que te declararas interesada exclusivamente en los bienes y riquezas, le fuiste leal a Arnulfo aún cuando todos le dieron la espalda. Y por bueno que fuera contigo, Lorena, Arnulfo fue precisamente quién hizo los negocios sucios durante todo el sexenio. ¿Te acuerdas de las cajas en el Hangar Presidencial? Bueno, pues antes de ser guardadas después de bajarse ustedes del avión, mandé a copiar todos los documentos y fotografías que contenían las cajas.*

—Pero ¿cómo? —dijeron Lorena y Susana a la vez.

—*¿Se acuerdan que no fui a trabajar el día después del informe porque tenía mucha gripa? Resulta que estaban tan ocupados en Los Pinos que no estaban pelando nada. Cuando vi la orden para una fajina de tropa para almacenar las cajas, fui al hangar y entré como en mi casa: saqué lo que consideré importante de cada caja, lo mandé a fotocopiar en las oficinas del hangar. Sólo estaba una sargenta de guardia, viendo la tele, y no peló para nada. Así que primero vamos a ver las fotos, que transferí a un DVD que está en tu caja, Lorena. Pero vamos a verlo, ¿no?*

Carolina se volvió hacia la pantalla del televisor, se hizo a un lado para que la cámara captara las imágenes. Prendió el reproductor, y salieron una serie de fotos:

—*Ahí tienen a Arnulfo con el Procurador de Justicia estadounidense, en las afueras de Irapuato, Guanajuato, justo después de las inundaciones de 1972. Todo el mundo sabe que el Secretario de la Defensa Nacional durante el sexenio de Santos del Alba había sido el comandante de la Zona Militar en Irapuato, pero pocos saben que Arnulfo fue su segundo de abordo, y que él hacía el trabajo sucio de la familia de la entonces Primera Dama, que eran los dueños los plantíos de amapola que se extendían en la tierra guanajuatense.*

Susana se incorporó en su silla, prestando más atención.

—*Sí, Susana, es parte de lo que sabe tu mentor que yo tenía guardado. Sin embargo, sólo es una parte, y la parte menos importante, aunque no lo creas.*

Avanzó el DVD, y apareció la foto del expresidente con el Procurador de Justicia de Estados Unidos, con Arnulfo al fondo.

—*Ahora verán al procurador gringo con nuestro amabilísimo expresidente, estrechándose de las manos y dándose un abrazo. Me pregunto si acaso le duele la conciencia por haber matado más de seis mil campesinos al mandar a volar la presa que inundó los plantíos de la familia de su esposa... pero en fin, esta fue la primera de las suciedades de que estoy hablando, Lorena, y están debidamente documentadas en tu paquete de papeles.*

Tomó otro sorbo de su bebida, y siguió.

—*Ahora bien, pasemos a la siguiente etapa importante, que fue durante el sexenio de Santos del Alba. Aquí verán sólo fotos, pero dicen que una imagen vale por mil palabras.*

Pasaron unas diez fotos de cajas metálicas llenos de centenarios de oro.

—Sí, Lorena: es una bendición que jamás tuvieron que despegar en ese avión, porque jamás habría alcanzado la altitud suficiente para librar las montañas alrededor del Valle de México. Sólo tres de las veinte cajas contenían documentos. Las demás eran cajas metálicas forradas de cartón. Estaban llenas de centenarios con un valor de aproximadamente cincuenta millones de dólares, procedentes de las mordidas que daba el pueblo de México a todos los policías bajo el mando de Arnulfo, y que tenían como consigna convertir la mitad en oro para su comandante. En tu caja encontrarás los documentos y, Susana, hay una copia en tu caja también, que comprueban el destino final del oro: Arnulfo se quedaba con la mitad, y lo demás se dividía entre el benefactor de Susana y el Procurador de Justicia de Estados Unidos. Existe, por supuesto, el rumor de que, de su parte, Arnulfo le daba una buena tajada a Santos del Alba, pero no hay documentos que lo comprueben.

"Ahora bien, unas fotos de prueba que les serán interesantes:

En la pantalla pasaron tres fotos del mismo Procurador de Justicia gringo supervisando la llegada de cinco cajas. Se notaba a leguas que estaba en la Base Aérea de Edwards, cerca de Washington. En la tercera foto, por si quedaba alguna duda respecto al contenido de las cajas, una de las cajas se había caído, y el contenido estaba visible.

—Y por lo que pude investigar, los pobres soldados que presenciaron la caída de la caja, murieron de causas naturales poco después de que se tomaron estas fotos.

"Hay muchas más, pero todas describen lo mismo: una red de corrupción que viene desde abajo hasta las jerarquías más altas

del gobierno vecino, y de otros. Y sí, todo indica que Arnulfo y su segundo de abordo hacían todo el trabajo sucio del gobierno mexicano. No te sientas mal, Lorena, porque contigo fue bueno. Sin embargo, lo que dicen de él es la mera verdad.

"Ahora bien: guarda estos documentos con mucho cuidado, Lorena, porque un mexicano muy importante ya murió por cuidarlos. Murió por llevar a cabo una investigación. La Agencia de Inteligencia Mexicana estaba a punto de lanzar la investigación a nivel internacional por medio de la Corte Internacional de La Haya, cuando se tomaron cartas en el asunto para imponer el silencio. Cuando se dio la orden de sacar todo de la oficina de la agencia, se me presentó la oportunidad de quedarme con lo que quisiera, así que elegí cuidadosamente los documentos más importantes.

"Pero no está perdido todo, te lo prometo, Lorena: Susana tiene la última misión para salvarte. Ahora tenemos que pasar a la caja de Susana, porque su parte en la meta final es la más importante.

Las mujeres se juntaron para abrir la caja de Susana, que era la más grande. Carolina miraba directamente a la cámara, como si las viera abriendo su legado. Finalmente habló de nuevo:

—*Ahora bien: señora Embajadora, ¿o debo decir señora presidenta?*

Susana miró a la pantalla, boquiabierta.

—*Cierra la boca, Susi, porque se te va a meter una mosca. Sírvete una copa más, y escúchame. En tu caja encontrarás copias de todo lo que acabo de enseñarle a Lorena, pero aún hay más. Me imagino que ya habrás hablado con nuestro querido expresidente, y seguramente te sientes desamparada. Ha de estar de lo más confiado el viejo cabrón porque piensa que al morirme, todo lo que tenía en su contra también ha dejado de existir.*

Susana sentía que el corazón le latía tan fuertemente que se le brincaría del pecho, pero no dijo nada.

—*Hace mucho tiempo que el exmandatario ha ido perdiendo su poder, pero no lo sabe aceptar. Así que ejerce un poder absoluto sobre todas las personas que puede, incluyéndote a ti, Susana. Pero ya basta, ¿no crees?*

Susana asintió con la cabeza hacia la pantalla.

—*En tu caja vas a encontrar unos papeles que van a vencer a todos los políticos, tanto de México como de Estados Unidos. Pero hay que saber manipular adecuadamente la información. Con lo que tenemos que contar es que a nadie le conviene que esta información se divulgue. Es más, te voy a tener que decir exactamente cómo manejarla.*

"*En tu caja hay una serie de fotos que saqué de los archivos fotográficos del Estado Mayor. Creo que las encontrarás muy interesantes. Es que existe una falla en su sistema de seguridad: los fotógrafos oficiales siempre llevan las fotos al Jefe del Estado Mayor para que escoja cuáles quiere. Pero los fotógrafos no destruyen las fotos no usadas, sino que las archivan por fecha. Es muy fácil encontrar fotos de gente muy interesante con gente muy interesante. Así que simplemente revisé mis diarios que he escrito desde niña, revisé las fechas de cumbres en Europa cuando he visto cosas interesantes. Entre esas fotos verás unos árabes que quizás reconozcas, quizás no, pero si puedes visualizar al tipo que verás con el presidente estadounidense con barba y un poco más flaco, sabrás de quién se trata. Luego notarás al mismo tipo con nuestro Presidente en otra cumbre, y con los presidentes de Venezuela, Argentina, Costa Rica, Panamá, Cuba y varios países.*

Carolina echó la cabeza hacia atrás y soltó una gran carcajada.

—*Ah pero, eso sí, que lo buscan por todo el mundo y nadie lo encuentra, ¿ven? El punto es que la política internacional es una porquería, y México no es tan no-intervencionista como decimos que somos, desde hace muchos años. No hay nada nuevo bajo el sol, como decía mi papá.*

Carolina se puso de pie, se estiró, se sacudió y volvió a sentarse.

–*Perdón, pero ya estaba tiesa* —soltó otra carcajada—, *mejor dicho, VOY a estar tiesa, ¿no? Ahora bien, Susana. Aquí va lo más importante, y con ello entenderás por qué vas a ser presidenta. Hay una situación en Cuba, que, en estos momentos, afecta mucho más de lo que te imaginas a México. Los gringos harán todo lo posible para evitar que ocurra, y México tiene que conseguir que se logre. Es muy sencillo: la economía de nuestro país depende de ello. Por supuesto que estás al tanto de las adquisiciones recientes del Grupo Beta, ¿verdad? Bueno, pues al adquirir distintas compañías financieras europeas, el grupo se ha convertido en la segunda financiera más fuerte del mundo. Junto con una compañía alemana y otra venezolana, van a modernizar la refinería cubana de Cienfuegos. ¿Se acuerdan de todas las broncas en los ochenta cuando tuve que ir a Cuba? Fue por una situación parecida, y lo que hizo Santos del Alba con los gringos funcionó. No hay razón por la cual no vuelva a funcionar, Susana, especialmente si consideras que Cuba acaba de descubrir mantos muy ricos de petróleo, ya no dependerá tanto de las importaciones. Pero esta vez lo harás por México, y no por ser títere de Cuba. Y si no entiendes por qué tiene tanta importancia, observa lo que ha pasado en México desde el Tratado de Libre*

Comercio: la economía ha ido de mal en peor, porque los únicos trabajos que ha engendrado el TLC son de sueldo mínimo, ya que los gringos traen sus propios ejecutivos, por supuesto. Segundo, con la llegada de las cadenas comerciales de Estados Unidos, no sólo nos han comido las cadenas nacionales, sino que los pequeños negocios mexicanos no pueden competir en el mercado nacional. Cada día estamos convirtiéndonos más y más en otro país al servicio de los gringos. El grupo Beta está a punto de sacar tanto su capital como sus empresas de México, porque, hasta este momento, el país no apoya su participación en el proyecto de Cienfuegos, por presiones de Estados Unidos en su afán de controlar el petróleo del mundo entero. A ti no te tengo que decir cuál sería la consecuencia de la retirada financiera del Grupo Beta.

"Y si temes una represalia invasora de Estados Unidos por apoyar al Grupo Beta, ni te preocupes, porque con lo que tienes en esas fotos, además de la relación delictiva de la primera familia gringa en cuestiones del negocio petrolero con socios y parientes mexicanos, te aseguro que no dirán ni pío. Tu experiencia como embajadora te dictará cómo manejarlo, y te tengo toda la confianza del mundo, al igual que te la tendrá el pueblo mexicano. Te lo prometo, amiga.

Durante los siguientes quince minutos, Carolina le explicó a Susana exactamente cómo manejar la información, y con quienes, pero mencionaba tantos asuntos que Susana estaba agradecida a Taña por haber grabado el DVD en videocassette. Era demasiada información, y aunque tuviera la documentación en frente, le ayudaría mucho poder escuchar la grabación de Carolina una y otra vez para comprenderlo.

—*Y, si manejas las cosas tanto en México como en Estados*

Unidos exactamente como te lo he explicado, estarás lista para lanzarte a la presidencia, mi querida amiga. Tu querido mentor y benefactor te apoyará con toda la vieja escuela política mexicana, la información que sólo te ayudará con toda la nueva escuela política, y serás apoyada por todo el mundo.

"Ah, y por si se preocupan por si se pierden sus cajas o se las roban o lo que sea, no tengan cuidado. Mi marido estará al pendiente de todo y, en el momento en que se note que están perdiendo fuerza, las apoyará con más documentos, o más copias. Tiene mi absoluta confianza, y las apoyará. Sin embargo, por razones obvias, estará siempre tras bambalinas.

Carolina se estiró una vez más, pero esta vez sentada. Sonrió a sus amigas.

—*Ah, Susana, otro detalle, por si no te parece obvia: tendrás que lograr que el último decreto del presidente saliente sea el perdón ejecutivo y póstumo al Gordo Mendoza.*

Carolina sonrió a la cámara, haciendo un gesto con las manos como si calmara el salto indignado que daría Susana:

—*No te exaltes, Susana, es la mejor manera de acabar con la caja de Pandora que están a punto de abrir sin que te ensucies las manos: el presidente lo perdonará por decreto con mucho gusto, por la evidencia que tienes acerca del parentesco de su esposa con las acciones criminales del Gordo Mendoza.*

"Sí, Mendoza fue, quizás, el peor criminal en la historia de México. Sin embargo, jamás actuó por sus pistolas: siempre siguió las órdenes de Alí Babá y sus cuarenta cabrones, así que de un modo muy morboso, su lealtad sobrepasa todos los esquemas históricos del país.

—Taña, ¡para la cinta!

Susana se puso de pie, comenzó a caminar en círculos. De

pronto se detuvo.

—Lorena, ¿es cierto lo que dice Carolina?

Lorena la miró, su mirada triste.

—Sí, Susana, es cierto.

Taña meneó la cabeza.

—Lorena, no te consta. Lo único que te consta es la palabra de un criminal que te decía lo que querías escuchar. A estas alturas, no comprendo el empeño de Carolina de victimizar a Mendoza. Fue una escoria humana, sus crímenes no tienen justificación.

Los ojos de Taña chispeaban de rabia.

—Me consta, Taña.

Se encontraron las miradas tristes de Susana y Lorena. Susana asintió con la cabeza. Taña se levantó, sus puños sobre la mesa al enfrentarse con Lorena:

—¿Qué me ocultan? ¡Se supone que entre nosotras no hay secretos!

Lorena no pudo mirarle a los ojos. Fijó la mirada sobre sus manos.

—No es secreto, Taña, ni es mentira. En todo caso se trata de un pecado de omisión: no te lo contamos porque no estuviste en la reunión donde pasó, y la próxima vez que nos reunimos fue después de casarte. No venía al caso lastimarte.

Taña estaba confundida.

—¿Contarme qué? No entiendo nada.

Lorena alzó la vista, miró a Taña.

—¿Te acuerdas de la Reunión de la República al final del sexenio de tu marido?

—Sí, por supuesto. Yo estaba fuera del país, no fui.

—Sí, ya sé que no fuiste —Lorena miró a Susana.

—Díselo, Lorena. En fin que no tenía nada que ver con Taña.

Lorena bajo la mirada, sus ojos llenos de lágrimas.

—Pues ahí te va: después de las últimas pláticas dieron una cena en Tlaquepaque, como despedida a Santos del Alba. A Carolina le tocó la avanzada, y la acompañamos. Para no hacerte el cuento largo, me puse hasta atrás y acabé pasando la noche con él —hizo una mueca de dolor al alzar la mirada hacia Taña.

Taña soltó una gran carcajada para el asombro de sus amigas.

—Ay, Lorena, ¡por el amor de Dios! Siempre lo supe, ¡no le di la menor importancia! Pero, ¡si tú misma nos dijiste que te lo ibas a echar!

Susana tenía la mano sobre la boca para contener la risa, pero se le escapó.

—¿A poco te contó tu marido?

Taña se sirvió una copa y se sentó.

—Por supuesto que sí. Aunque no lo creas, me hiciste un gran favor, Lorena —se rió al ver la expresión de asombro de Lorena, tomó de su copa—. Mira, les voy a explicar: en esa época, Juan Ignacio andaba muy mal; por mucho que insistiera que no le importaba dejar el poder, estaba desconsolado. Luego tenía lo de sus dos locas: doña Gloria y Lilia.

—Y tú... —agregó Susana con una risa pícara.

—No, Susi. No pasó nada entre nosotros hasta después del sexenio. Tenía suficientes problemas con dos locas para lidiar con otra —volvió hacia Lorena—. Sin embargo, esa noche que pasó contigo en Guadalajara lo inspiró a romper con las dos. Yo simplemente aproveché su estado de ánimo para ligármelo.

Lorena se rió a carcajadas.

—¡Vaya! Me encanta la idea. ¿Con que lo dejé picado con mis puterías? Me han dicho que soy buena, pero...

—No fue ninguna putería, Lorena. Mira, si vamos a hablar de puterías, bastan las mías, ¿no crees? No tengo cara para juzgarte.

Susana las interrumpió:

—Chicas, me fascina el concurso de puterías pero, Lorena, ¿qué tiene que ver una noche con Santos del Alba con lo que dice Carolina?

—Tiene todo que ver, Susana. Pasamos una noche increíble, pero al día siguiente él estaba muy preocupado por la reacción de Arnulfo si se enteraba.

—Es natural, eran muy amigos. ¿A poco no te preocupaba? —le preguntó Susana.

—Hasta cierto punto, pero le dije que no tenía por qué enterarse. Me insistió que si se enteraba, Arnulfo tenía los elementos para arruinarlo.

Susana ya comenzaba a comprender:

—Siempre sospeché que el gordo chantajeaba a medio mundo.

—Así es, Susi. Santos del Alba le tenía pavor, igual que todo el gabinete. A partir de esa noche, lo comprobé.

—¿Cómo?

—Arnulfo siempre decía que tenía una póliza de seguro en Los Ángeles, en el departamento que tenía en Century City. Cuando comenzaron las broncas en México, me dijo que fuera a sacar el contenido de la caja fuerte, que lo guardara en una caja de seguridad, a mi nombre, en un banco en otra ciudad —tomó su copa, su mirada pasó de Taña hacia Susana, descansó sobre la imagen de Carolina en la pantalla—. Ya se imaginarán lo que hice con los documentos, ¿verdad? Me supongo que están en tu caja, Susi.

Susana hojeaba la gran pila de documentos, asintió con la cabeza.

Taña se levantó:

—Creo que deberíamos continuar con Carolina.

Oprimió el botón del control remoto, la imagen de Carolina volvió a tomar vida:

—*Su peor crimen no fue lo que robó al pueblo: fue la mancha de corrupción que dejó sobre la imagen de México en el mundo. Susana, tienes en tu poder la información para hundir o rescatar la imagen de México. Puedes dejar que esa época pase al olvido como una mancha histórica, o puedes revivirla como parte del presente y el futuro del país: porque de seguir las investigaciones más a fondo saldrán colas delictivas que incluso pueden obstaculizar tu propia gestión presidencial.*

"Acuérdate siempre que quién tiene la información y la sabe usar, tiene el verdadero poder.

"Reconozco que la impunidad no es justicia, pero, ¿no crees que hay que romper con el pasado para forjar un futuro?

"Y ahora, mis queridas amigas —dijo al descorchar una botella de Dom Perignon mientras Taña hacía lo mismo y sirvió tres flautas del líquido—, *creo que esto merece un brindis.*

Las tres mujeres alzaron sus copas, con Carolina en la pantalla.

—*¡Por Las Chicas de Palacio! Cuando nos autonombramos así hace años, ¿acaso se nos ocurrió que llegaríamos a este momento tan decisivo y tan importante para nuestro país?* —Tomó otro sorbo de su copa— *Lo dudo mucho, pero ya hemos llegado, queridas amigas.*

"Me las imagino dentro de un año: Susana, nuestra queridísima presidenta. Lorena, me pareces excelente candidata para Secretaria de Educación Pública. Y Taña, como Secretaria de Bellas Artes y Cultura Popular. Sí, ya sé, no existe semejante secretaría, pero no olvides que Susana puede crear lo que quiera. Como yo lo veo: no somos nosotras quienes salieron ganando en el juego de poder, sino la misma nación. Nuestro amado México y nuestros compatriotas saldrán ganando con tu presidencia, Susana. Y Taña, cuando llegues a ser Secretaría de Bellas Artes y Cultura Popular, mi marido te hará llegar un paquete que te ayudará a recuperar todos los tesoros que fueron robados del Museo de Antropología e Historia durante el sexenio de Gutiérrez. He investigado el caso a fondo aquí en Europa, y tengo la información que necesitas para recuperarlos.

Las mujeres intercambiaron miradas de asombro.

—Y ahora, lo de mis cenizas. Pueden hacer de ellas lo que quieran, porque son sólo cenizas. Pueden echarlas al mar, o en mi amado Guanajuato. O si quieren, pueden pasear la urna con ustedes: pues se acordarán que me encanta salir a pasear. No importan las cenizas. Lo que importa es la amistad y la vida en común que nos une, porque nos unirá siempre. Las quiero mucho, amigas...

La pantalla se oscureció.

Las Chicas de Palacio tomaron sus flautas de champaña, llorando.

Taña fue la primera en levantarse. Atravesó el cuarto, sacó el videocassette que había grabado y lo entregó a Susana.

—Guárdalo bien, amiga, porque tienes mucho que hacer.

Pero sabes que cuentas conmigo en lo que te pueda ayudar, y, si quieres, puedes usar cualquiera de las casas del conjunto como centro de operaciones. Sabes que tengo una enorme escolta del Estado Mayor para cuidarlo.

Ella se dio cuenta de lo ridículo de sus palabras, y soltó una carcajada entre las lágrimas que derramaba. Lorena también se rió, pero Susana no.

—A lo mejor te tomo la palabra, Taña.

—¿Es que te has vuelto loca? ¿Con el Estado Mayor? —Lorena se rió.

—Es el lugar donde menos van a buscar, pero lo vamos a pensar muy bien. De momento, voy a llevar lo mío a la caja fuerte del negocio de mi hijo. Ese edificio tiene más seguridad que la Casa Blanca, me sirve mientras decido el primer paso a tomar.

—Eso es obvio —dijo Lorena—. Hay que educar a nuestro expresidente y mentor tuyo, ¿no crees?

—Todo a su debido tiempo, amiga —dijo Susana—, pero, de momento, lo único que quiero es descansar, dormir, y volver a pensar las cosas mañana.

Taña se puso de pie, alzó su caja contra el pecho.

—Entonces, ¡manos a la obra! Tenemos escasos cuatro meses para anunciar tu precandidatura, Susana.

Epílogo

Las aguas del Golfo de Vizcaya tenían un matiz color turquesa. Sandra Bolaños tomaba su tercer café en la terraza del pequeño condominio donde vivía con su marido en Santander. Esperaba ansiosamente la llegada de Marcelo quien había salido a comprarle los periódicos de México que llegaban a las diez y media al quiosco de la esquina.

Había leído las noticias en línea, pero quería verlas impresas. Quería gozar todas las fotografías y las palabras escritas acerca de la primera presidenta de México.

Su primera alegría había sido en julio, cuando su queridísima amiga había ganado el voto popular en México a la presidencia. Había seguido todas las noticias de los periódicos de México y el resto del mundo respecto a la trayectoria de su amiga, sus preparativos para el mandato más importante de su país: su librero estaba repleto de álbumes llenos de recortes periodísticos y fotografías de las actividades de Susana, desde la campaña presidencial hasta la fecha.

Los platos del desayuno estaban todavía sobre la mesa. El plato de Marcelo estaba vacío, pero Sandra apenas había tocado el suyo. Se levantó a limpiar la mesa para abrir los periódicos a gusto.

Llevó los platos a la cocineta del pequeño departamento, y, mientras los lavaba, se le ocurrió hacer otra jarra de café.

Justo al prender la cafetera, llegó su marido.

Cerrando la puerta tras de sí, caminó directamente a la terraza, depositó todos los periódicos de México sobre la mesa.

—Ahí están todos, mi vida, menos *La Jornada*. No ha llegado, no quise esperarlo.

—No importa. No tiene muchas fotos, de todas maneras.

Sandra corrió hacia la terraza, tropezando con el tapete que estaba justo en la salida. Se incorporó justo a tiempo, sin caerse.

—¡Esa pinche cosa me va a matar un día de estos! —dijo mientras levantaba el pequeño tapete. Lo llevó al barandal, miró hacia abajo. Un estudiante que vivía en su edificio estaba conversando con unos amigos en la acera de la calle, Sandra le gritó:

—Oye, ¿te sirve un pequeño tapete? Es bonito... lo compré en Marruecos el año pasado, pero tiene tendencias homicidas.

El joven aceptó gustosamente el regalo, y Carolina lo dejó caer al suelo de donde lo levantó el muchacho con un sentido *gracias*.

Sandra se sentó a la mesa, ignoró soberanamente la risa burlona de su marido. Abrió El *Universal*, miró cariñosamente la foto de su amiga durante el momento del cambio de la banda presidencial. Susana lucía bella. Sandra se llevó la foto a sus labios y le dio un beso.

Su marido seguía riéndose.

—Tú pudiste haber sido esa mujer, Carolina —le dijo.

—¡Sandra! —le dijo furiosa su mujer—. Si hemos gastado más que la deuda externa de España para cambiarme la cara y comprarme una nueva identidad legal, sólo falta que me sigas diciendo *Carolina* —dijo con una mueca que mostraba su desagrado ante el nombre—. Soy *Sandra*, y más nos vale que no lo olvides, mi vida. Pero, volviendo a tu comentario, te aseguro que no hay nada en el mundo que me interese menos que volver a la política. Soy escritora y espero morir algún día con mi laptop encima.

Siguió hojeando el periódico, cuando de repente echó un grito de guerra que hizo sobresaltar a Marcelo. La voz del joven estudiante se escuchó desde la calle, abajo.

—Señora Sandra, ¿se encuentra bien?

Marcelo se asomó para asegurarle al muchacho que no había golpeado a su mujer —amiga y cocinera voluntaria de todos los estudiantes del edificio— y luego se volvió hacia ella.

—Ya bájale, ¿no? Comprendo tu gusto pero si le sigues, van a llamar a la policía.

Sandra estaba señalando a la segunda página del periódico con el dedo, muerta de la risa.

—Es que tienes que ver esto, mi vida. ¡Está de poquísima madre!

Marcelo tomó el periódico. Había una foto de Susana sentada al gran escritorio presidencial en Palacio Nacional. Al lado de ella estaba su recién nombrada Secretaria de Educación Pública: Lorena Araujo, y al otro lado, la encargada de la nueva Secretaría formada ese mismo día por la Presidenta: Taña Monteblanco viuda de Santos del Alba, Secretaria de Bellas Artes y Cultura Popular.

Marcelo leyó la nota periodística que mencionaba la primera gira presidencial a Bruselas, donde la Secretaria de Educación Pública se reuniría con una comitiva de sus contrapartes de la Comunidad Europea para discutir el futuro educativo de los niños del mundo. Por su parte, la nueva Secretaria de Bellas Artes y Cultura Popular se reuniría con sus contrapartes europeas para discutir la recuperación de las piezas antropológicas desaparecidas durante quince años del Museo Nacional de Antropología e Historia; mismas que formaban una gran parte de varias colecciones privadas en Europa.

—Por lo visto, Taña recibió el paquete que le enviaste —dijo Marcelo, agradado—, y tuvo los ovarios para llevarlo a cabo.

—Sí, eso me agrada mucho —dijo Sandra—, pero no has visto lo más importante de esa foto.

Marcelo aún no lo encontraba, así que Sandra levantó una pluma de la mesa y señaló lo que para ella era lo más importante en todo el periódico: detrás de las tres mujeres, sobre el primer nivel del librero, y a la vista del mundo entero, estaba la pequeña urna que Marcelo había enviado en marzo.

En ese momento sonó el timbre del teléfono, Sandra se levantó corriendo para contestarlo. Esta vez no se tropezó.

—¿Bueno?

—¿Carolina? —la voz de su agente la sobresaltó, pero luego se molestó.

—No, Ángel, no soy Carolina. ¿Es que necesitas una lobotomía para borrar ese nombre de tu vocabulario?

—Perdóname, Sandra. Es que no me acostumbro —le respondió su agente, apenado—. Es que ya me llegaron las ediciones de tu último libro, y pensaba enviártelas hoy mismo. ¿Las mando adónde siempre?

Sandra suavizó su tono, se sentía culpable por estallar contra el otro hombre que sabía quién era y había guardado su secreto durante casi un año. Gracias a él, podía seguir escribiendo mientras quisiera, y sus libros habían tenido mucho éxito a pesar del cambio de nombre. Nadie ligaba a Sandra Bolaños con Perla Dosamantes.

—No, Ángel. Mejor envíalo al apartado postal de Bruselas.

—¿Y eso?

—Porque mi marido tiene una cita muy importante con unas viejas amigas en Bruselas, y si salen bien las cosas, a lo mejor voy a cobrar una apuesta que hice hace muchos años con una de ellas... en París.

Acerca de la Autora

Destacada abogada y autora de varios libros de no-ficción, **Erica Fuentes** comenzó su trayectoria de escritora en 1977, como coautora de textos sobre política. En 2000, vio la luz su primera obra de ficción *Sueños Isleños*, publicado en español e inglés de forma simultánea. Posteriormente publicó *La Cantina de Miguel (Primer Amor)*, *Una Ventana al Paraíso y ¡Corazones a la Mar!*.

Su novela, *Las Chicas de Palacio* ha sido un éxito internacional en español, y ahora está disponible también en inglés con el título *Shakedown*. Todas las novelas de **Erica Fuentes** se han publicado simultáneamente en dos versiones: en inglés y en español. La autora ha recorrido el mundo en distintas misiones diplomáticas y a título personal; actualmente vive en su casa en alguna playa del mundo.

Su última novela, *Salve Regina* —co-escrita con **Annemarie Stonewater**— publicada en diciembre de 2010 ya está a la venta y promete seguir los pasos de *Las Chicas de Palacio* en el gusto de los lectores.

No se pierda, de Erica Fuentes y Annemarie Stonewater

Salve Regina... La Serie

A la venta en su librería favorita:

Salve Regina
(Comienza la aventura...)

A través de un siglo de historia, Villa Vistamar ha reinado como el mejor internado católico para jovencitas en toda la nación, sus sacrosantos edificios un hogar para innumerables jovencitas —peculiarmente jovencitas de familias millonarias, pero políticamente vulnerables— originarias de países extranjeros. Juntas de nuevo durante una reunión de su generación, dos viejas amigas y compañeras del internado, aún intrigadas por los misterios del histórico convento donde vivieron su juventud, se empeñan en descubrir tanto los secretos de la vieja hacienda del suroeste, como la relación tan extraña entre las Hermanas de Santo Tomás y su benefactor. Convencidas de que descubrirían la clave del misterio en los viejos y macabros baúles que las monjas guardan en el sótano del convento, una furtiva entrada nocturna a las catacumbas de la antigua abadía literalmente las atrapa en un callejón sin salida, envueltas en una historia de intriga eclesiástica de la cual no existe retorno alguno más que la verdad. Varios encuentros terroríficos con los Guardianes de la Iglesia que protegen los secretos que las mujeres han resuelto a desatascar, así como la muerte de una monja anciana, anteriormente la Madre Superiora de la Congregación las lleva al descubrimiento de un escondrijo que guarda un millonario tesoro de un valor incalculable y que protege un tesoro mayor: un secreto que la Iglesia ha ocultado del mundo durante las últimas nueve décadas de la historia de Europa oriental, bajo el código eclesiástico de *Salve Regina*.

Espérelo en Septiembre, 2011:

Trinidad Diabólica *(Continúa la historia…)*

Trinidad Diabólica, una novela de ficción basada en un interesante caso verídico, gira alrededor de una defensa *pro bono* que monta Marisa para un hombre inocente acusado de homicidio; una defensa que la embrolla en un enredo de maldad y engaño, el núcleo del cual parece girar alrededor de una vieja parroquia en un pueblo chico en el estado de Hidalgo, cuyo párroco tiene un afecto muy especial por sus jóvenes acólitos. Marisa manda a traer a su co-protagonista, Erin, quien llega a México con el mismo grupo de personajes que ayudaron a las mujeres en *Salve Regina*, incluso con un religioso jesuita semi-retirado reconocido por el Vaticano como exorcista. Esta historia espeluznante acaba por afirmar el triunfo del verdadero poder sobre la corrupción abierta y la lucha constante entre los poderes de la Iglesia y el Estado, pero no sin llevar al lector por varios e insólitos descensos hacia los abismos del terror diabólico que sacudirá al lector hasta el fondo de su fe y espiritualidad.

A la venta en Marzo de 2012:

Secretos Sagrados *(La historia continúa…)*

La historia comienza al encontrarse Marisa en un dilema después de llevar unos artefactos pre-colombinos de México a los Estados Unidos, dado el origen cuestionable de las piezas. Lo que comienza como una simple travesura acaba por llevar al elenco de protagonistas por un camino inesperado rumbo al mundo clandestino del tráfico de arte en el cual finalmente descubren un gran tesoro abandonado en las Californias por los jesuitas al ser expulsados de la Nueva España en 1867. El patrimonio del tesoro está en tela de duda por los tratados internacionales inherentes al derecho de posesión de artefactos arqueológicos; lo cual provoca una batalla entre los jesuitas y ambos países, mientras el grupo de héroes sigue su propio camino. Esta novela cuenta con los momentos de comedia mezcla de momentos serios y trágicos al igual que en todos los libros de la serie.

La presente obra fue impresa bajo demanda por vez primera en los talleres de
Publidisa Mexicana SA de CV

Calzada Chabacano N° 69, Planta Alta
Colonia Asturias Deleg. Cuauhtémoc
06850 México DF
www.publidisa.com